UMA MISSA PARA A CIDADE DE ARRAS

Andrzej Szczypiorski

Uma missa para a cidade de Arras

Tradução
Henryk Siewierski

Estação Liberdade

Título original: *Msza za miasto Arras*

Edição original polonesa: Czytelnik, Varsóvia, 1971

Copyright © 1971 by Andrzej Szczypiorski. Todos os direitos reservados, exceto polonês, francês e italiano

Venda proibida em Portugal

Copyright © 1988 by Diogenes Verlag AG, Zurique

Preparação e revisão	Valéria Jacintho e Joana Canêdo
Revisão	Miriam Homem de Mello
Diagramação de miolo e capa	Pedro Barros
Ilustração da capa	Camille Corot. *Les remparts d'Arras, Porte Saint-Michel.* Museu do Louvre, Paris. Foto RMN-Arnaudet
Editor	Angel Bojadsen

Dados Internacionais de Catalogação na Publicação (CIP)
(Câmara Brasileira do Livro, SP, Brasil)

Szczypiorski, Andrzej, 1928-2000;
    Uma missa para a cidade de Arras / Andrzej
Szczypiorski ; tradução Henryk Siewierski. –
São Paulo : Estação Liberdade, 2001.

    Título original: Msza za miasto Arras.
    ISBN: 85-7448-049-5

    1. Ficção polonesa I. Título

01-4891	CDD-891.8

    Índice para catálogo sistemático:
    1. Ficção : Século 20 : Literatura polonesa
    891.8
    2. Século 20 : Ficção : Literatura polonesa
    891.8

Todos os direitos desta edição reservados à

Editora Estação Liberdade Ltda.
Rua Dona Elisa, 116 — 01155-030 — São Paulo–SP
Tel.: (11) 3661 2881   Fax: (11) 3825 4239
e-mail: editora@estacaoliberdade.com.br
http://www.estacaoliberdade.com.br

Na primavera de 1458, a cidade de Arras foi flagelada pela peste e pela fome. Em um mês, cerca de um quinto da população morreu.

Em outubro de 1461 sucedeu-se, por razões desconhecidas, a famosa *Vauderie d'Arras*. Perseguições cruéis aos judeus e às bruxas, processos por heresias imaginárias, bem como um surto de pilhagem e massacres. Depois de três semanas, tudo se acalmou.

Algum tempo depois Davi, bispo de Utrecht, bastardo do duque de Borgonha, Filipe, o Bom, anulou todos os processos por bruxaria e abençoou a cidade.

São esses os acontecimentos que constituem o pano de fundo da história que se segue.

Naquela tardinha ele chegou a minha casa e disse que eu não amava nossa cidade. Mal abriu a porta e já foi atirando apaixonadamente as acusações. Recebi-o com o respeito devido a nossos mestres. Levei-o para dentro, indiquei-lhe um lugar confortável para sentar, achando que o ambiente tranqüilo e a bebida que lhe ofereci esfriariam a sua ira... Mas ele não quis sentar. Sob a luz vacilante da lâmpada pude ver o seu rosto bem inchado. Nunca o vira antes tão agitado e poderia jurar que estava doente, mas sua fala denunciava lucidez. Acusou-me de, na noite anterior, ter tido a intenção de abandonar a cidade, do que ele fora secretamente avisado. Num primeiro momento tive vontade de zombar dessas acusações. Porém, conhecia-o suficientemente e sabia que, se ele viera, era porque tinha provas do que dizia...

Na noite anterior havia resolvido sair para me encontrar com Davi. Preparei-me em segredo para a viagem. Saí de casa antes da meia-noite, logo depois de ter enviado um homem com o cavalo selado em direção ao portão de São Gil. Esperava-me no lugar combinado. Tremia de medo e frio. A noite estava fresca, soprava um vento forte dispersando as folhas caídas das árvores. Reparei com o maior espanto que o portão estava todo aberto e a ponte abaixada. Os guardas jogavam dados ali perto. Absorvidos pelo jogo pareciam não dar a menor atenção à passagem. Desconfiei que poderia ser uma armadilha. O tempo passava carregado de um estranho horror. O cavalo impaciente batia o casco no chão. Nasceu a lua, enorme e branca como uma bola de neve. De repente ouvi passos e, logo depois, vi um monge cisterciense aproximando-se sem disfarces do portão da cidade. Um dos guardas levantou a cabeça, olhou desinteressado o passante e voltou a jogar. O monge atravessou o portão e subiu a ponte levadiça. Seu bastão batia surdamente no escuro. Saiu da cidade sem ser incomodado por ninguém. Esperei alguns minutos e voltei para casa, então mandei que levassem o cavalo para o estábulo.

Em nome do Pai, do Filho e do Espírito Santo. Amém. Mais uma vez a cidade fazia uma brincadeira diabólica comigo... Seria uma covardia sair daqui pelo portão todo aberto! Mas as minhas intenções eram nobres. Decidira finalmente levar para Davi as notícias de tudo o que se passava em Arras. Convencido da loucura que tomara a cidade, quis poupar-lhe novos sofrimentos, trazendo um homem cuja sabedoria e bom senso poderiam pôr fim a essa paranóia diabólica generalizada. Pensei no entanto que isso provocaria uma resistência por parte dos cidadãos. Todos sabiam que eu reprovava as decisões do Conselho. Parecia óbvio que o Conselho não iria se limitar apenas a expulsar-me do seu círculo, mas tomaria medidas bem mais severas. Não conseguira dormir durante a maior parte das noites anteriores. As prisões costumavam acontecer depois do pôr-do-sol. Ao anoitecer rezava fervorosamente, pedindo que o destino me poupasse de sofrimentos. Nessa expectativa amargurada me veio de novo a idéia da salvação, que absorvia toda a cidade. Trazer Davi a Arras seria salvá-la daquela turba de cidadãos enlouquecidos. Sim, tinha consciência do risco dessa empreitada, mas estava preparado para tudo. Levava em consideração a possibilidade de ser preso durante a fuga, por isso escolhi o melhor cavalo e compartilhei meu segredo com um homem de confiança. Mas eis que encontrei os portões abertos e tentadores e os guardas convidativamente indiferentes.

Estais enganados se pensais que eu havia desejado o martírio e que recuei diante da facilidade da tarefa. O que me cativou foi a confiança bárbara do Conselho na minha lealdade! Se antes tinha dúvidas quanto à loucura da cidade, perdi todas as ilusões depois dessa expedição noturna ao portão de São Gil.

Quando à tardinha apareceu em minha casa Alberto, já sabia que um plano tão astuto, como o de abrir os portões da cidade, só podia ter sido fruto de sua mente.

Não havia em Arras ninguém que se igualasse a ele em sabedoria e dignidade. Eu crescera à sua sombra, ou melhor, à sua luz. A mente desse santo ancião iluminava as trilhas da minha vida. Eu chegara a Arras muito jovem, sem ter terminado a escola, sem o conhecimento da escrita, sem boas maneiras. Deixaram-me com ele aos vinte anos de idade, quando ainda não sabia fazer nada sozinho, a não ser repetir as rezas sem pensar. Ele tomara conta de mim, não só com todo o cuidado, mas também com aquele sentimento de apego carinhoso com que os homens adultos e experientes costumam, às vezes, tratar os jovens, vendo neles a prorrogação das suas próprias ambições. Juro por Deus que ele vira em mim o seu sucessor.

Para dizer a verdade, eu nunca tive semelhantes inclinações! Gand me tornara um pouco irrequieto e, mesmo que as lembranças do passado se apagassem com o tempo, a vontade de fazer travessuras e de tornar-me independente continuava. Em Gand as pessoas não levam a vida com muita seriedade. Fazendo parte da mocidade rica daquela cidade, entregava-me muitas vezes a diversões pouco decentes. Não fugia dos amores, nem da boa mesa, nem das diversões que aos homens mais severos podiam parecer blasfemas. Mas a questão não é essa. Os anos vividos em Gand me deram a certeza de que, mesmo sabendo que não sou o senhor do meu próprio destino, devo sempre me esforçar para sê-lo! Chastell, que naquele tempo era o meu mentor e que gozava dos favores do duque, costumava dizer que não existe nada mais indecente que a convicção de que o homem não é livre. Chastell dizia, geralmente diante de uma mesa bem farta, que, quando colocamos em dúvida a liberdade, em vez de pensarmos com a cabeça, passamos a pensar com o traseiro.

— O traseiro — dizia Chastell — parece então ser de vidro. O homem só pensa em como proteger a sua bunda, que é frágil e muito delicada. Entretanto — costumava acrescentar —, o bom Deus nos deu os traseiros para que sejam chutados!

Era uma idéia irreverente, mas não superficial. Em meio a deliciosos banquetes, em companhia de mulheres bonitas e homens espirituosos, firmava-se em mim a convicção de que eu era digno de pensar por mim mesmo.

Quando então deixei Gand, era jovem, mas cheio de vaidade e convencido de ser suficientemente maduro para seguir os meus próprios caminhos. Mas, para ser sincero, quando me vi sozinho, sem os meus companheiros de festas e amigos, sem Chastell e sua poderosa proteção, tive dúvidas. As primeiras semanas em Arras passei rezando e jejuando humildemente. Durante a conversa com Alberto, logo depois da minha chegada a Arras, vivi um choque. Ele me fez uma pergunta, aparentemente simples, mas que nunca antes me havia passado pela cabeça:

— Como tu podes ter a certeza, e de onde tiras essa certeza, de que mais convém confiar na própria razão do que na revelação? Acreditas em Deus?

Com fervor e toda a força respondi que acreditava em Deus.

Então ele perguntou se acreditava no diabo. Respondi que sim, que acreditava no diabo. Depois ele quis saber se acreditava que Deus e o diabo lutavam pela minha alma. Disse que também nisso acreditava ardorosamente. Perguntou, sempre com o mesmo tom suave e como que alegre, se acreditava que tanto Deus quanto o diabo influenciavam os meus pensamentos. Respondi que não tinha nenhuma dúvida quanto a isso.

— Portanto — disse ele —, a evolução da tua mente é como se fosse uma luta incessante. A graça divina trava na tua alma um duelo contra as tentações do inferno. Onde tu encontras a confirmação de que o teu pensamento manco, enlaçado por mil dependências, influências, gostos, fantasias voluptuosas, medos e humores, pode ser mais claro e eficaz para o conhecimento das intenções de Deus do que o ensinamento da Igreja?... Vivemos tempos cruéis, meu caro João. Os homens já não querem ser bons cristãos, e seguem o exemplo dos duques depravados e bispos estúpidos, entregam-se a práticas esquisitas e perversas, buscam a presença divina na vida cotidiana e procuram penetrar nos planos de Deus para ir ao seu encontro. Ocorre que Deus não quer que os homens tratem da sua própria salvação com tanto zelo. É óbvio que cada um deseja a felicidade eterna, mas que entregue o seu próprio destino nas mãos do nosso Senhor Jesus Cristo e não queira fazer o papel d'Ele... Confia em mim, João! Passei a vida no meio dos livros e tratados dos maiores sábios. É ridículo tudo isso! Desprezo todos esses usurpadores que, confiando na razão, querem salvar a santa Igreja. A força mais poderosa da Igreja são os sacramentos, uma ponte estreita pela qual Deus, sobre os abismos da vida, aproxima-se de nós. Permanecendo fiel aos sacramentos, tu permaneces fiel a Deus. Assim Ele está contigo, e tu estás com Ele. Se Ele te deu a razão, não foi para que tu alcances com ela os céus, mas para que saibas movimentar-te na terra.

Perguntei então onde está a alma, e ele tocou no meu peito e disse que a alma está ali, é a respiração de Deus, a força, graças a qual eu me movimento, sinto calor e frio, durmo, como, falo e penso. Perguntei se também essa força me faz desejar a mulher, e ele disse que sim, sem dúvida, porque Deus não quer que nos atormentemos, mas é generoso e me ama, então criou a mulher para que eu pudesse desejá-la e possuí-la.

— Somente os tolos — disse com ira — acham que a mulher é um vaso do diabo. Ela também tem a alma imortal e o corpo atraente. Se fosse o diabo seu criador, ela seria uma sapa...

Então ousei perguntar-lhe se a alma, cujos batimentos sinto no meu peito, é também dada a toda a criação. Respondeu que não lhe parece errado achar que o cachorro, o gato, a vaca e até o burro sejam presenteados por Deus com uma espécie de centelha sagrada, que lhes permita viver, sofrer e alegrar-se. Percebi naquilo uma verdadeira heresia e disse que as suas palavras não me pareciam estar de acordo com os ensinamentos da Igreja. Ele sorriu suavemente.

— Meu caro João — disse —, nem tudo o que Deus quer foi escrito nos livros, e nem todas as intenções de Deus são conhecidas do homem, mesmo que ele seja um dos príncipes da Igreja. Imagina, por exemplo, que os teus cavalos e o gado que pastam nas pradarias do Brabante também tenham seu próprio céu, um céu dos animais. Haveria algum mal nisso ou uma ofensa aos ensinamentos cristãos? São Francisco chamava o cavalo de meu irmão cavalo, e a aranha de minha irmã aranha. Será que não se pode admitir que o Criador, em sua indescritível clemência e bondade, dê destinos diferentes aos cavalos, vacas, cabras e cotovias para experimentá-los em alegria e em sofrimento?! O certo é apenas que Deus criou o homem à sua imagem e semelhança, que lhe deu a razão, e que por isso somos os mais infelizes dos seres sob o sol. As exigências de Deus em relação ao homem são mil vezes maiores do que em relação ao rato, o que não significa que o rato deva ser condenado para sempre. Rezando por ti e por mim, tu deves doar uma pequena parte dos teus elevados sentimentos para a causa dos animais, árvores e estrelas, para que eles também possam entrar no registro do céu.

A sua fala era longa e tão nobre que as lágrimas escorriam-me pelo rosto, e meu coração ficou repleto de respeito e gratidão. Isso não quer dizer que recebia os seus ensinamentos sem hesitação e sem dúvidas. A minha cabeça estava vazia, sim, mas no sangue pulsava ainda a memória das travessuras de Gand, o que me fazia bastante propenso à contestação. Conversamos a noite inteira, até que o sol apareceu sobre o morro, iluminando os becos da cidade. Perguntei-lhe então sobre a igualdade dos homens perante Deus, mas também perante a vida na terra.

— O que faz o pastor dos teus rebanhos ser inferior a ti? — retrucou Alberto. — Sim, o nascimento, com certeza. Tu vieste ao mundo numa boa família, chamada pelo céu para dar exemplo de virtudes e de justiça. Os homens simples têm uma vida simples. Não há como exigir deles os atos que são destinados a ti. Mas isso só significa que o teu fardo é maior. Tu tens rebanhos de gado gordo e bons cavalos não para viver em sujeira, mas para ser exposto às provações mais dolorosas. Quando o Senhor quer provar o mendigo, prova-o com a peste. Quando o Senhor quer te provar, também te prova com a peste. Imagina os sofrimentos de um mendigo curvado na porta da igreja, cujo corpo está coberto de úlceras, e imagina os sofrimentos de um homem rico morrendo, desmanchando-se e fedendo nos seus maravilhosos aposentos, no meio dos servos, nobres protetores e lindas concubinas. Se te foi dado nascer nas alturas, foi só para tu caíres do alto. Pelos desígnios de Deus todas as vantagens e sutilezas da tua existência hão de servir só para tornar a morte mais dura e mais triste. Porque separar-se da miséria não é difícil.

Para dizer a verdade, tive vontade de zombar desse ensinamento todo, pois não me agradavam tais palavras floreadas. Enojava-me o ritual requintado do pensamento de Alberto, bem como sua tagarelice que vinha dos tempos antigos, tempos em que os homens não sabiam falar de nada a não ser de Deus e dos seus santos. Ah, eu acreditava zelosamente e era um cristão piedoso, mas não queria passar a vida rastejando nos planos de Deus e fazendo tudo para agradá-lo. O que Deus queria fazer comigo era problema d'Ele. O meu problema, achava, era viver de acordo com a natureza que me fora dada. Se vós quiserdes, podeis me considerar um parasita! Porque, na verdade, só havia uma coisa que desejava: a liberdade! Quando Deus barrava o meu caminho, eu passava ao lado d'Ele. Espero que em sua indizível bondade, Ele me perdoe generosamente por tudo...

A liberdade... Em nome do Pai, do Filho e do Espírito Santo. Amém. Isso significa ser do jeito como fomos criados pelos céus. Portanto, é a liberdade da estupidez e da sabedoria, da travessura e do sofrimento, da felicidade e da desgraça. Com todo o respeito que tinha por Alberto, sempre achei que ele tinha um padreco obtuso escondido dentro de si. Ah, como ele queria lutar pela salvação das almas... Movido por sua missão, debruçava-se até sobre um escaravelho. Era justamente essa missão que me parecia uma espécie de escravidão. Se ele se sentia bem na pele de profeta e de mestre, era certamente um homem livre. Mas, quando tentava colocar e esticar essa pele sobre o meu pescoço, tornava-se um tirano.

Certa vez encarregou-me de preparar uma análise sobre o comentário à obra do venerável Jean Gerson. Tratava-se de um trabalho para, pelo menos, três semanas. E estávamos em plena primavera, a cidade banhada por raios solares. No início do ano chegara à cidade de Arras o duque Filipe com a sua corte colorida e alegre. Como vós deveis saber, havia muitos ingleses rodando por ali naquele tempo, pois, apesar de o duque tê-los deixado numa situação difícil, eles permaneceram nas terras dele, farreando e bebendo com dinheiro borgonhês. Os ingleses sempre procuram um bom lugar... Quando chegou o degelo, Filipe foi a Bruxelas, mas em Arras ficaram vários homens, gulosos, tagarelas, libertinos, bem como algumas meretrizes. Isso não me surpreendia. Filipe estava envelhecendo de maneira feia, ficando cada vez mais impetuoso em suas rezas e olhando com reprovação essa malta barulhenta e libertina, portanto uma parte da corte achara mais sensato ficar em Arras sob a benévola e distante jurisdição de Davi. Os bastardos dos reis são mais compreensíveis do que os seus bem-nascidos pais. Assim naquela primavera a cidade de Arras estava invadida pelo bando barulhento dos

16

ingleses e borgonheses amantes do copo. Havia ali uma moça inglesa, muito hábil em questões de amor. Eu tinha vinte e poucos anos e às noites sonhava com mulheres. Deixei de lado os comentários sobre Gerson. Vaguei pelos prados com essa moça e me diverti muito. Um dia Alberto simplesmente me deu umas bofetadas. Sofri muita dor e humilhação. Quando me refiz, a moça já não estava em Arras, e Alberto veio tirar satisfações.

— De onde vós tirastes a certeza — respondi com orgulho — de que é mais digno glorificar Deus com uma análise sobre a obra do mestre Gerson do que com as coxas?! Vós me falastes do amor. Amo cem vezes mais o ventre da mulher do que os livros dos velhos espertalhões da Sorbonne. Gerson não precisa das minhas glosas! Ele já virou pó e, na melhor das hipóteses, o veremos no vale de Josafá daqui a cinco mil anos... Quanto à moça inglesa, nós dois saboreávamos a felicidade nos prados. E vós tendes certeza de que isso não agrada a Deus?

— Isso é uma blasfêmia — gritou Alberto.

Ele sempre foi assim. Quando ensinava, derramava sabedoria e indulgência como a fonte derrama água. Mas bastava que alguém tentasse viver de acordo com os mandamentos do seu ensino para que ele imediatamente o ameaçasse com o inferno... Ele cultivava dentro de si uma idéia segundo a qual entre Deus e o homem havia uma harmonia maravilhosa, porém repugnava a concretização dessa idéia.

Em nome do Pai, do Filho e do Espírito Santo. Amém. É verdade, meus senhores, o inferno era justamente isso. Imaginai a minha existência ao lado desse digníssimo e sábio mestre, que poderia passar como exemplo de todas as virtudes.

— Ama os animais, porque são teus irmãos mais novos — dizia-me ele. Mas, quando num inverno rigoroso mandei que dessem mais cereais aos meus cavalos, ele me chamou de leviano e esbanjador.

— Ama a mulher, porque é Deus que a dá para ti — ensinava-me ele. Mas, quando tive uma concubina em casa, ele a expulsou com uma gritaria que a cidade inteira ouviu, e me chamou de devasso, o que, em Arras, onde cada cidadão que se prezava tinha mais mulheres do que cavalos, só podia provocar risadas.

— Ama os teus próximos e trata-os como iguais, pois são iguais a ti — dizia-me Alberto. Mas, quando eu tentava praticar esses ensinamentos, fustigava-me com a palmatória, gritando que eu estava ficando louco. Dizia-me que eu não devia ter nojo dos judeus, mas não queria comer na minha casa, porque nela comiam os banqueiros de Utrecht. E o pior de tudo é que não havia nele nem um pingo de hipocrisia. Andava na cidade armado com a sua fé, tão humilde que quase soberbo, tão sábio que quase estúpido, tão nobre que quase infame. Só uma coisa ele temia neste mundo mais do que o inferno. Temia Davi, meus senhores!

Uma vez assisti a uma conversa deles. Davi chegara em Arras de repente, com sua pequena corte. Ao chegar à casa de Alberto, cumprimentou-o, curvando-se até o chão. Era alto, moreno, bronzeado pelos ventos do norte, enquanto Alberto era branco como a neve, dobrado pela idade, e tinha uma barba longa, toda grisalha. O bastardo do rei, sangue quente, indomável, inexaurível, diabo encarnado, glutão, mentiroso, cheio de uma soberba selvagem e das mais desvairadas idéias — e, à sua frente, um sábio todo feito de conhecimento, seriedade e virtude. Dois elementos como dois cachorros soltos. Ah, senhores, foi uma conversa deliciosa...

Quando Alberto convidou Davi à mesa, ele respondeu em voz alta:

— Vossa Excelência, não é do meu costume roer as raízes — continuava a chamar Alberto "Vossa Excelência", e este ficava corado e resmungava baixo:

— Oh, meu duque...

Obviamente o banquete foi para ninguém botar defeito. Davi comia por dez, jogava os ossos à sua volta, chupava a gordura dos seus dedos. Eu observava bem Alberto, e percebi que ele logo havia perdido o apetite. Eu bem sabia o que o duque estava fazendo! Ele não era tão rudimentar, tão simplório, como queria parecer naquela hora. Relinchava feito cavalo e soltava peidos azedos à mesa, o que não causava boa impressão, mesmo aos que lhe eram devotos de coração. Na verdade, ele exagerava um pouco... Mas, quando começou a conversa, aí o bispo de Utrecht brilhou.

Falaram sobre a natureza humana. Alberto, como sempre, apegou-se a suas fórmulas piedosas.

— Vossa Excelência — disse —, quem ama sinceramente sua mãe e trata bem os animais, como ensina São Francisco, certamente deve ser um homem bom...

— Deve sim! — berrou Davi. — Eu tive em casa um bandido que estrangulava os meus servos indisciplinados, punha veneno na comida, de vez em quando dava uma facada nas costas por minha ordem... Uma vez ele aparece aos prantos. "O que aconteceu?", pergunto ao canalha. "Vossa Excelência", respondeu ele, "minha mãe morreu hoje de madrugada." A tal ponto ficou desolado que, imagine, Excelência, tive que dispensá-lo de todo trabalho durante algumas semanas, porque lhe tremiam as mãos e poderia aleijar o sujeito, em vez de mandá-lo diretamente aos céus. Quanto aos animais, amava-os de todo o coração e com toda ternura...

Alberto piscou o olho, mordeu o beiço e disse que a exceção confirma a regra. Ao que Davi respondeu que ele também fazia parte daquela exceção, porque amava muito sua mãe, tratava os seus cavalos e os seus cachorros como ninguém, mas não parecia gozar a fama de melhor homem do Brabante...

— É apenas uma fantasia de Vossa Excelência! — exclamou Alberto.

Rolei de rir quase metade da noite ouvindo essas falações. Quando já haviam comido bastante, Davi revelou a razão da sua vinda.

— Vossa Excelência — disse ele com um sorriso bondoso —, vim a Arras porque soube que os cidadãos estão cansados e abatidos pelos jejuns contínuos e procissões e por tanto cuidar da vida eterna. Eu também me preocupo com a vossa salvação, e juro pelas santíssimas Chagas de Cristo que não penso em outra coisa a não ser na atual decadência dos bons costumes e nada me causa mais aflição do que isso. Mas a questão é que os tributos do Brabante diminuem, o rei, meu pai, está severamente irritado com a receita miserável das cidades do Norte, o nosso comércio parece uma égua asmenta, as muralhas das cidades desmoronam, pois desde os tempos dos ingleses ninguém cuida delas, nas estradas vagueiam por toda parte ladrões e penitentes, tanto que já não há lugar para os comerciantes... Eu quero o melhor para a cidade de Arras, mas não esqueça, Vossa Excelência, de onde vem o nosso pão de cada dia. A alma tem seus direitos, mas também o corpo merece uma migalha.

— Vossa Excelência! — exclamou Alberto, mas foi interrompido por um gesto do bispo, que continuou falando, agora com um tom já menos bondoso:

— Nós nos conhecemos, meu nobre padrezinho, como um gato e um rato. Pode continuar salvando as almas humanas, mas em duas semanas Vossa Excelência vai ter que pagar aos meus cobradores sessenta ducados...

As mãos de Alberto começaram a tremer.

— Tudo isso! — exclamou desesperadamente.

— Se eu procurasse bem — disse Davi —, iria encontrar milhares nos seus cofres...

— Eu não posso fazer isso — disse Alberto. — Não serei o saqueador da minha gente...

O bispo quase caiu do banco de tanto rir...

— Padre — disse em seguida —, onde está escrito que aos homens interessa mais a salvação da alma do que o bem-estar? A cidade de Arras está à morte! É cada vez mais difícil viver aqui. Vossa Mercê não pára de pregar sobre Deus e os seus

UMA MISSA PARA A CIDADE DE ARRAS

santos, administrar os sacramentos; entretanto, os parasitas sugam o gado, as casas desmoronam, faltam roupas e comida. Os cidadãos daqui fogem para outros países, onde há menos santidade e mais comida. Com os sessenta ducados que receberei vou mudar esta cidade. Vossa Excelência me conhece e bem sabe que sou um bom senhor. Acha que apertando os homens com a palavra divina na boca faz com que a vida se torne mais leve para eles. O meu poder é outro. Se for preciso, aperto e, se for preciso, afrouxo. Em Utrecht se vêem muitos rostos sorridentes. E aqui, em Arras, todos cerram os seus lábios rezando.

Alberto levantou-se da mesa, ergueu o braço, e eu já sabia que agora ele ia proferir uma daquelas suas maravilhosas frases feitas, com que alimentara a cidade de Arras durante cerca de vinte anos. E assim foi:

— Vossa Excelência, é preciso antes de tudo amar os que governamos...

O bispo de novo disparou a rir.

— Vai ao diabo, Alberto! O seu amor eles podem enfiar no cu! O importante não é que eles sejam amados, mas que se sintam bem! Do que vale o seu amor se eles estão sofrendo? Em Utrecht ninguém me ama e eu não amo ninguém. Mas quero ver rostos contentes e fartura por todo lado, porque só assim vou me sentir seguro no gozo da vida!

— Vossa Excelência — exclamou Alberto — busca a popularidade entre as multidões. Se eles desejassem os jogos bárbaros, vós não lhes recusaríeis! Vós tendes sede de aplauso, enquanto eu desejo antes de tudo a elevação dos corações humanos.

— Vai ao diabo, Alberto, com essa elevação. Se o meu pai observasse todos os mandamentos do Senhor, eu nem teria nascido. Ele me gerou em pecado, sou um fruto de sua imoralidade, mas sei que fui gerado com prazer, o que o casamento legítimo não dava ao meu pai. Portanto, que Vossa Excelência não exija de mim a elevação de sentimentos! Estou mais próximo daqueles habitantes da cidade de Arras que reclamam o pão e as diversões do que Vossa Mercê, padre, com os seus sermões...

— Todo governante — disse Alberto — que luta pelas almas dos governados é solitário.

— Vossa Excelência está dizendo disparates. Não é todo governante, mas só aquele que o deseja.

Então Chastell, que acompanhava o duque, inclinou-se em sua direção e disse baixinho:

— O que quer que esteja acontecendo em Arras, é preciso reconhecer que o nosso padrezinho está puro como uma virgem!

— O que importa ele ser puro se é um idiota! — rosnou o bispo de Utrecht.

Sinceramente, esse homem tinha uma língua bem afiada. Não havia quem pudesse dar um golpe tão certeiro em Alberto, diretamente no coração.

Tudo começou, por assim dizer, inocentemente. Quem poderia pensar que uma bobagem como essa iria dar início a acontecimentos tão terríveis. De um comerciante de tecidos, Gervásio, chamado Damasceno por ter viajado há anos à Síria e ter tido bons relacionamentos com os comerciantes dali, morreu o cavalo. Na verdade, foi algo incomum, considerando que o cavalo era sadio e forte. Tinha dois anos, era de boa raça, usado só com sela e bem cuidado no estábulo do seu dono. Na noite do dia anterior o cavalo estava bem, e, quando o dono rondava, antes de dormir, toda a vivenda, chamou sua atenção o fato de que o animal estava em excelente forma; por isso, ordenou ao moço do estábulo que selasse o cavalo logo de manhã e o levasse para o portão, pois queria levar seda a Lille. No dia seguinte, o moço do estábulo entra no quarto do seu senhor dizendo que o cavalo tinha morrido. Logo em seguida vêm correndo todos de casa. O animal está deitado na eira, sem qualquer movimento, com a barriga inchada e as narinas cobertas de espuma.

— O que comeu à noite?! — grita Gervásio.

Dizem que não lhe haviam dado nada.

— Envenenaram o meu cavalo! — exclama o comerciante.

Mas isso não era possível, pois as portas da casa foram fechadas antes da noite chegar, e todos os que ali viviam eram gente conhecida fazia tempo, e de confiança. Gervásio lamentava muito a perda do seu belo animal. Ao meio-dia chegou um conhecido seu, o cordoeiro, homem rico, que tinha três empregados e um bom quinhão de pomar na saída da cidade. O cordoeiro disse:

— Ouvi falar, Damasceno, da tua grande desgraça. O teu cavalo morreu essa noite... Saibas então que eu passava perto dos estábulos e vi, à luz da tocha, um judeu chamado Celus rogando praga a toda tua casa.

O cordoeiro acertou, pois Damasceno estava em pé de guerra com Celus há anos. Para dizer a verdade, só forças impuras podiam estar metidas na morte desse cavalo, pois alguém já ouviu falar de um animal que morresse tão de repente? Damasceno foi ao Conselho da cidade dar queixa. Eu não estava presente, pois naquele dia tive outras ocupações que eram inadiáveis, mas sei que o comerciante de tecidos foi recebido pelo próprio Alberto.

— Traze a testemunha — disse ele ao delator exacerbado.

Logo trouxeram o cordoeiro.

— Tu jurarias que viste a cena? — perguntou Alberto.

— Posso jurar pelas Chagas de Cristo.

Farias de Saxe, que era um perito em competências e regras de direito e que, por falta de ocupação mais interessante, participava do Conselho, disse a Alberto:

— Padre, não convém que tu decidas as causas dos burgueses. Mesmo se eles hoje ficarem satisfeitos com a tua sentença, amanhã vão gritar que manipulas a cidade conforme te apetece. É melhor que eles mesmos ouçam Celus.

Essa fala provocou uma grave discussão. Alberto, que nunca abria mão do prazer de administrar justiça, protestou contra a opinião de Farias de Saxe, referindo-se à origem de Celus.

— Onde está escrito que um judeu deve ser julgado em tribunais municipais?! Um judeu pode ser julgado por qualquer um!

Farias de Saxe então reagiu:

— E onde está escrito que um judeu pode ser julgado por qualquer um?

É claro que foi Alberto quem venceu a disputa, porque para ele o resultado era importante, enquanto para Farias de Saxe tudo não passava de uma diversão. Era rico e entediado demais para dar atenção ao que quer que fosse. Uma vez, quando o encontrei na igreja junto ao confessionário, disse-me que por tédio pecava e que por tédio também se confessava... Ele foi realmente o único grande senhor da cidade de Arras! Que descanse em paz...

Trouxeram Celus.

— Tu rogaste uma praga? — perguntou Alberto.

— Vossa Excelência, eu não sei fazer isso.

— Dizem por aí que tu és um judeu inteligente.

— Por isso mesmo não poderia fazê-lo!

— Isso significa que a praga para funcionar precisa de ignorância?

— Para uns pode significar isso, para outros, outra coisa... Cada um lê o que quer ler!

— Confessa, Celus, tu odeias Gervásio Damasceno...

— Seria o meu dever amá-lo, Vossa Excelência?! Se for assim, amá-lo-ei.

— Não é a primeira vez, Celus, que tu respondes perante o Conselho. Três anos atrás tu desrespeitaste os restos mortais de um cristão.

— Vossa Excelência está enganado. Não tive nada a ver com aquilo, nem estava na cidade naquele dia, o que aliás foi provado no inquérito.

— Porém tu não vais negar o teu envolvimento naquela história.

— Não posso negar isso, pois assim foi... Mas...

— Celus, fomos informados que tu te recusaste a receber o senhor de Saxe em tua casa segundo manda o costume.

— Vossa Excelência, o senhor de Saxe pode confirmar que sempre o recebi com a devida humildade. O senhor de Saxe sempre vinha com dois galgos e um braco e eu nunca desrespeitei os seus direitos.

— Mas tu não consideras justos esses direitos.

— Não me cabe julgar o que é justo e o que não o é na cidade de Arras...

— Arras seria então uma cidade estranha para ti?

— Eu não disse isso, Vossa Excelência.

— Mas tu pensaste isso, Celus.

— Como Vossa Excelência conhece os meus pensamentos?!

— Tu não estás aqui para fazer perguntas, mas para responder...

Assim o inquérito prolongou-se até a noite. Tive pena de Celus, apesar de ele ser judeu, mas não quis intrometer-me. O depoimento do cordoeiro foi considerado a prova, o que, aliás, sabia-se desde o início. Na mesma noite Celus enforcou-se no porão do paço da cidade. O senhor de Saxe teve a ousadia de dizer a Alberto:

— Padre, o sangue desse judeu cai na tua consciência.

Ao que Alberto respondeu orgulhosamente:

— Tu falas de algo que não tens e não conheces.

Farias de Saxe, ao sair da sala do Conselho, murmurou para mim:

— São os piores. Matam sem pecar.

Como depois ouvi dizer, nesse dia o senhor de Saxe bebeu muito. Foi um dos poucos dias da sua vida em que não esteve entediado.

Mas não foi a bebedeira de Farias que provocou tensão na cidade. Em nome do Pai, do Filho e do Espírito Santo. Amém. Meus senhores! Vós podeis pensar hoje sobre os moradores de Arras com indignação e até com repúdio, pois fizeram coisas que o mundo antes não tinha visto. Porém, foi assim que quis o destino. Conhecia essa gente. Não era má, e com certeza não era pior do que os outros moradores do Brabante e de todo o ducado. Arras não deu muitos santos varões nem muitas mulheres virtuosas, havia na cidade muita inveja e imundície, não faltavam canalhas aninhados dentro das muralhas da cidade, mas naquela noite, quando a notícia da morte do judeu Celus se espalhou, quase todos os cidadãos sentiram-se culpados. Não, não quero dizer que amavam os judeus e os remendos vermelhos nas suas capas, ou que tocavam sem aversão os braços judaicos na multidão nos dias de feira, ou que confiavam na palavra de um judeu. Para todos os cidadãos, os judeus eram o elemento estranho, e Deus experimentava severamente a cidade condenando-a a conviver com os carrascos de Jesus Cristo. Mas, justamente por serem bons cristãos e obedecerem aos desígnios do céu, constituíram todos um solo em que a semente judaica podia crescer.

Em Arras eu não gozava de simpatia, com certeza! Fui eu quem veio de outro país, fui o olho e o ouvido da corte de Utrecht, portanto ninguém confiava em mim e todos passavam longe da minha casa. Mas foi justamente a minha casa que vieram naquela noite com lágrimas e lamentações.

— O judeu Celus enforcou-se no paço da cidade! — exclamavam aflitos. — O senhor Alberto foi injusto com ele... Ai de nós, porque Deus não perdoa pecados tão infames.

— O que devo fazer? — perguntei.

— Vai ao bispo Davi, que é teu amigo, e pede que venha à cidade de Arras. Sem a presença dele acontecerá uma desgraça. Queremos lavar o sangue inocente que manchou a nossa cidade. Que nos diga o bispo o que devemos fazer...

O que podia lhes responder? Pareceu-me coisa ridícula ir a Utrecht, ou a Gand, apresentar-me a Davi e pedir que viesse. Observando essa pequena multidão de burgueses aflitos, imaginei o sorriso de Davi, a quem iria apresentar os pedidos do seu rebanho.

Meus senhores! Vós conheceis o duque melhor do que eu. Ele é um grande homem e um cristão exemplar. Mas... Imaginai-me chegando a Gand após ter deixado cavalos mortos pelo caminho: então entro nas salas do palácio do bispo, coberto de poeira e suor, com o rosto cortado pelo vento de outono, e sou bem recebido:

— Graças a Deus nas alturas que tu vieste, João! Amanhã vamos à caça e tu vais me acompanhar...

— Sou o enviado da cidade de Arras, cujos moradores pedem humildemente que Vossa Excelência vá até lá porque estão com medo do castigo de Deus. O senhor Alberto provocou a morte de um judeu chamado Celus...

— Judeu! — diz Davi sorrindo. — E por um judeu eu teria que ir a Arras?

— Não por ele, Vossa Excelência, mas pelos cidadãos dessa cidade infeliz!

— O que eu posso fazer pela cidade se ela tem soluços?... Nem penso em brigar com Alberto por causa de uma carne judia podre. Deus deu, Deus toma! E tu, João, relaxa. Tenho uma moça de Spira muito bonita, podes ficar com ela por duas noites...

— Vossa Excelência — digo desesperado —, o povo da cidade está agitado. Tenho medo de tumulto. Vossa Excelência sabe como é fácil hoje em dia acender emoções. Ainda não cicatrizaram as feridas depois do terrível canibalismo dos últimos anos, mal a cidade se ergueu do abismo e, agora, de novo...

Davi levanta a mão ao rosto como se quisesse espantar uma mosca chata. Calo-me.

— *Pax, pax*! Qual foi o problema com esse judeu? — vocifera ele.

— Alguém declarou que o judeu Celus rogara praga à casa de um comerciante de tecidos cujo cavalo de raça morreu. O cavalo estava bem e ia viajar, quando, de repente, no meio da noite, a praga do judeu fê-lo morrer no estábulo...

— De que cor era o animal? — pergunta Davi rindo.

— Isso eu não sei, Vossa Excelência.

— Se fosse marrom, não teria pena dele...

— Vossa Excelência! Estou falando a verdade. A cidade está agitada...

— Tu estás sendo chato, João. Se eles desejam fazer penitência, que se flagelem. Diga a eles que o bispo mandou fazer uma procissão e um jejum de dez dias... Esse padre Alberto só me dá problema... O seu cálculo é simples. Um cavalo, um judeu. Mas com Deus ele não tem nenhuma consideração, achando que é o que cabe a mim. E o que eu vou dizer a Deus? Como posso saber se para Deus era justo matar judeus? Talvez um judeu, talvez dois, ou talvez só metade... Eu não sei quanto vale um cavalo nos estábulos celestes.

Eis o que eu iria conseguir em Gand... Por isso, disse àquelas pessoas que voltassem para as suas casas e esperassem o dia seguinte, enquanto eu fui falar com Alberto. Recebeu-me friamente, como sempre que aguardava os próximos movimentos de uma disputa. Ele nunca deixou de me considerar um estranho que, apesar de ser seu discípulo, pertencia aos outros, àquele vasto mundo além das muralhas de Arras. Mesmo depois de muitos anos, quando lhe dei provas de lealdade e de um apego quase filial, ele ainda encontrava em mim um parentesco com Davi e, pior, com Chastell, de quem ele tinha tanto ódio. Quantas vezes me acusara de falta de zelo cristão, botando a culpa na influência perniciosa de Gand. Quantas vezes ele repetira com amargura:

— Tu achas, meu caro João, que além de tudo é preciso venerar a razão. E pensas que os mentores de Gand, com seu chefe Davi, veneram justamente a razão acima de tudo. Apesar das aparências, não se trata da razão mas das suas vergonhas. Davi treina o seu intelecto na cama. Ele acha que é forte porque não acredita em nada. Como ele é tolo, João!

Sem falar claramente, ele sempre suspeitara que eu fosse mais próximo à corte episcopal do que o era na verdade. Achava que Davi ouvia os meus conselhos. No entanto, como já disse, Davi me tratava como seu amigo e companheiro de farras, mas sempre evitava conversas mais sérias. Mas Alberto não estava enganado ao pensar que o meu coração estava mais para Gand do que para Arras. O que aliás me lisonjeava um pouco.

Por isso dessa vez, chegando na casa de Alberto, fiquei um pouco acanhado. O próprio fato de cidadãos de Arras dirigirem-se a mim pedindo a mediação na corte episcopal já fora incômodo. Não me surpreendi quando, depois de ouvir o meu relatório, Alberto disse, amargo:

— Por que tu vieste aqui se foste enviado à corte de Davi?!

— Padre — disse com a voz mais suave que pude tirar da minha garganta —, não convém envolver a corte episcopal em conflitos daqui. Os cidadãos estão agitados por causa dos acontecimentos que ocorreram dentro das muralhas da cidade, portanto é preciso tomar as decisões dentro das mesmas muralhas.

Olhou-me de esguelha, encolheu os ombros como se estivesse maldisposto, cansado e quisesse se livrar de um peso.

— Isso soa bem, é verdade, mas na tua boca, João, não passa de uma hipocrisia! Será que a morte desse judeu te fez ser solidário com a cidade, algo que antes era impensável? Quem pode conhecer os planos de Deus... De repente, num momento tão grave, quando se abre a possibilidade de intervenção de Davi em nossas questões internas e os moradores dessa cidade, sempre tão preocupados com que ninguém comprometa os seus privilégios ou inflija os seus direitos, tomam a iniciativa de recorrer à corte, tu te tornas o protetor da liberdade de Arras e temes a intervenção dos estranhos em seus assuntos internos?! Quando finalmente ocorre um conflito entre mim e os cidadãos e surge uma oportunidade tão boa para me expor ao ridículo, fazer-me objeto de zombaria e humilhar-me diante daqueles que sempre amei, tu, João, mostra-te tão compreensível comigo?

Cuidado para que Davi não te mande pagar a conta dessa fraqueza do coração!

De repente, calou-se e aproximou-se de mim. Fitou-me os olhos com expressão de suspeita e algo de admiração.

— Será que tu sabes?! — perguntou subitamente, pegando na minha mão. — Dize com toda a sinceridade, João! Tu percebeste do que se trata aqui!?

Deus sabe que naquele momento eu não tive a menor idéia de aonde ele queria chegar. Ele deve ter lido isso nos meus olhos, porque deu uma risada sarcástica.

— Pois é... Como poderias pensar nisso!

Ele nunca devia ter me desprezado tanto como naquele momento em que percebeu que me havia superestimado. E logo se tornou imperioso, inacessível, privado até de sarcasmo, que, com sua natureza fria como o gelo, parecia às vezes um sopro de calor.

— Não te esqueças — disse — de que, quando há anos tu chegaste a Arras, eras um broto! Deves o teu sucesso a esta cidade. Ela te fez um homem culto e rico, ela confiou em ti e te deu uma parcela de poder...

— Padre — interrompi —, tudo o que vós atribuístes à cidade de Arras é mérito vosso!

— E daí? — respondeu. — Tu sabes muito bem que não existe nenhuma fronteira que me separe da cidade, nem que separe a cidade de mim. Eu sou ela e ela sou eu. Se fiz alguma coisa para ti, deves a gratidão a todos os cidadãos de Arras, porque são eles que aqui governam por meu intermédio. Em todos esses anos te repeti inúmeras vezes que quem luta contra mim rebela-se contra a cidade, e quem quer infringir as leis e os privilégios da cidade torna-se meu inimigo. Seria ridículo se na hora da provação os caminhos dos nossos cidadãos se separassem. Só o desespero e a desordem nas mentes puderam levá-los a te pedir que fosses chamar Davi. Lavrei esta terra vinte anos e lavrei bem. O bispo não é amado aqui! Ele não fez nada que merecesse amor. Sempre que vinha aqui parecia que um bando de saqueadores invadia a cidade. Vivemos em Arras dignamente, sem o luxo e a imoralidade que afundam Utrecht e Gand. E o que aconteceu com o Brabante? A hipocrisia geral, as intrigas, as brigas e a devassidão. Davi mantém os bandidos sempre prontos para ajustar contas com os adversários de sua corte. Tu já viste bandidos assim em Arras? Será que na nossa cidade é preciso recorrer à faca ou ao veneno para matar os inimigos ao abrigo da noite? Conseguimos aqui a união que parece ser abençoada por Deus e pelos homens.

— Senhor — disse —, o judeu Celus enforcou-se no paço da cidade!

— Sei... Pobre judeu! Devia ser a vontade de Deus fazer dele um sacrifício. Vê bem, João, não aconteceu nada que pudesse comprometer a nossa cidade. O Conselho ainda não pronunciou sentença. Celus morreu por sua própria vontade. Tu não reconheces a nobreza dos sentimentos dos cidadãos daqui, que ficaram abatidos e sofrem por causa da morte desse infeliz? Imagina coisa semelhante em Gand ou Utrecht... Engraçado! Quem ali iria se comover com um cadáver judeu?! Enquanto aqui as pessoas desejam a purificação. E receberão a purificação! Por isso quero que tu entendas quão indignos e tolos são os planos de recorrer ao juízo de Davi. Tu deves à cidade de Arras não só gratidão, mas também solidariedade em momentos difíceis.

— Pensei justamente assim — disse com calma. — E por isso vim falar com o senhor, padre, apesar de os cidadãos quererem que eu vá a Gand.

Então Alberto de novo deu uma risada azeda, e disse:

— João! Te conheço há anos. E sempre confiei na tua lealdade. Vai e dize-lhes que seria indigno procurar ajuda na corte do bispo. Somos nós os donos de Arras, e o destino da cidade está em nossas mãos...

— Não seria mais adequado, padre, se vós comunicásseis isso pessoalmente à cidade?

— Não, meu caro discípulo! Nunca escondi dos nossos cidadãos os meus sentimentos para com Davi. Assim, a minha decisão poderia ser vista como o resultado de má vontade e desconfiança... Não foi a ti que eles pediram o intermédio? Quem poderia ser o melhor enviado de Arras na corte de Utrecht?... Seria então bom e sensato se tu mesmo explicasses a eles por que renuncias à missão que te foi confiada.

— Vós tendes razão, padre! — disse.

Em nome do Pai, do Filho e do Espírito Santo. Amém. Meus senhores! Apenas em parte me sinto culpado pelo que Deus tinha destinado à cidade de Arras. Fui apenas o instrumento d'Ele e confio na Sua justiça. Mas permiti-me que agora chame como testemunha o passado recente, aqueles dias terríveis de três anos atrás, quando a fome e a peste se apoderaram da cidade... Acho que a razão pela qual aceitei os argumentos de Alberto deve ser procurada ali.

Na primavera daquele ano começou a morrer o gado. No início não era nada extraordinário, pois sempre, após o inverno rigoroso, uma parte dos rebanhos emagrece, perde o apetite e morre sem motivo. Porém, naquela primavera, como vós deveis lembrar, também vários pastores entregaram a alma a Deus. Saímos da cidade em procissão. Bateram os sinos. Vieram os dias de chuva e de frio, mas depois o céu abriu de repente, o sol esquentou, e dentro das muralhas de Arras apareceram enxames de insetos. Dos campos normalmente alagados, que naquela altura secaram, saíam os insetos que invadiram a cidade. Algo semelhante nunca havia acontecido antes. A cidade ficou cercada por uma densa neblina, de manhã e ao entardecer não era possível enxergar nada a um metro de distância. De dia o sol batia forte, mas de noite o frio apertava entre os muros. Começou a morrer gente. Primeiro um, depois dois e logo dez. Os corpos decompunham-se muito rápido, escureciam e ficavam inchados. O mau cheiro não deixava respirar os que prestavam aos mortos o último serviço. Quase logo em seguida começaram os incêndios, reduzindo a cinzas os bens de muita gente, mas sobretudo os estoques de alimentos guardados para a época de entressafra. E aí veio à cidade de Arras o duque Davi. Dando-lhe as boas-vindas no portão da cidade eu disse, entre outras coisas, que entre os poderosos deste mundo são poucos os capazes de mostrar uma coragem semelhante. Geralmente, na hora da peste os poderosos fogem para longe deixando todo o seu patrimônio para ser saqueado pela turba. Nesses momentos se vê como valem pouco os bens materiais em face do perigo mortal que vem pela vontade de Deus. Davi mostrava uma desigual força de coração chegando à cidade de Arras tomada pela peste. Entrou na cidade com uma corte esplêndida. À sua frente era levado um relicário com uma gota de sangue de São Gil, a qual os bispos de Utrecht receberam outrora como uma dádiva dos condes de Saint Gilles.

No entanto, essa entrada solene, capaz de confortar os corações de todos os cidadãos de Arras, virou-se logo contra o povo. O governo de Davi foi severo. De modo algum quero dizer que ele pretendia acabar com a cidade de Arras, mas foram muitos os que pensaram justamente isso. Mandou queimar, sob pena de morte, todo alimento que fosse tocado pelos que morreram da peste. Quando lhe diziam que era uma loucura, pois não fazia sentido privar a cidade dos modestos estoques que ainda sobravam, declarou que confiava mais nos médicos da corte. Já naquela época cercava-se de uma matilha de parasitas e bufões que o seguiam por todo o Brabante, envenenando a sua mente incomum com balelas. E, como se tudo isso não bastasse, quando os dias de seu rígido governo em Arras chegaram ao fim, ao deixar a cidade mandou fechar os portões e colocar sentinelas ao longo das muralhas.

— Vós estais nos condenando à morte! — exclamavam os membros do Conselho.

— Rezai — respondeu.

Para dizer a verdade, não nos abandonou na nossa desgraça. Todos os dias carros bem carregados chegavam aos portões de Arras. Cada manhã ouvia-se o guincho das suas rodas e os gritos dos cocheiros. O povo reunia-se em cima das muralhas, e os enviados do bispo esvaziavam os carros. Depois iam embora estalando chicotes e sussurrando rezas, e os guardas do bispo deixavam-nos abrir os portões para levar os alimentos para dentro da cidade. A divisão dos alimentos era justa, em grande parte graças ao senhor de Saxe, homem honesto e firme. Mas isso não adiantava muito, pois a peste continuava a sua colheita e a fome espalhava-se cada vez mais. Os dias seguintes trouxeram o desespero. Sabendo da nossa desgraça, vieram para perto da cidade quase todos os ladrões do Brabante, bandos de homens armados e sem escrúpulos. Escondidos entre colinas cobertas de mato, espreitavam à noite os carros do bispo e os saqueavam. Davi aumentou o número de guardas, mas foi em vão. A presa fácil excitava a imaginação dos gatunos de todo o ducado. Vinham abertamente dos lugares mais distantes para pilhar sob as muralhas a cidade que morria. Uma vez a pilhagem durou três dias inteiros e ocorreu sob os nossos olhos, pois estávamos observando do alto das muralhas. Davi pagava aos cocheiros com ouro e pedras preciosas, mas não havia corajosos dispostos a arriscar a vida. A fome chegou ao ponto extremo em Arras. Foi preciso colocar sentinelas no cemitério, pois não faltavam cristãos renegados e sem vergonha que procurassem as sepulturas ainda quentes para banquetearem-se em meio a um cheiro cadavérico. Soubemos que uma mulher estrangulou o seu filho recém-nascido e, depois de cozinhá-lo em água salgada, o comeu, deixando o caldo para seus outros filhos. Trazida diante do Conselho, ela confessou o que tinha feito. Foi neste dia que os ânimos contrários a Davi chegaram ao máximo na cidade. Os burgueses queixaram-se da sua decisão.

— Davi enterrou-nos vivos! — gritavam em torno do paço da cidade. As pessoas exigiam que a mãe desnaturada fosse severamente castigada, porém eram de opinião que quem deveria responder pelo pecado desse ato era o próprio bispo.

Confesso sem temor que compartilhava essa opinião...

Fizemos o julgamento da mulher.

— Fazei-a sofrer! — gritava o povo para Alberto.

Ele ficou calado por um bom tempo. Depois disse:

— Não vou fazê-la sofrer. Que Deus decida sobre o seu ato.

Foi então decidido que ela seria decapitada na madrugada do dia seguinte, apesar de todos terem exigido que fosse torturada. A multidão encheu a praça. De todos os presentes só a condenada estava sem fome. O mestre subiu ao cadafalso com a espada na mão, seus ajudantes trouxeram arrastada a mulher. Rezava humildemente, conformada com o destino. Esperávamos um ritual digno, porém Alberto permanecia calado. Com a cabeça levantada olhava o céu. Tudo isso parecia estranho. O tempo passava. O carrasco demorava a cumprir o seu papel olhando impaciente para Alberto. O povo começou a sussurrar, uma espécie de excitação dominou todos os corações.

— O que vós estais esperando, padre?! — gritou alguém do meio da turba. — Dai a absolvição!

Alberto permanecia calado. Continuava a olhar o céu como que procurando um sinal qualquer. Aproximo-me e digo baixinho:

— Padre, está na hora de começar.

— Que comecem! — resmunga Alberto. Vejo a sua pálpebra tremendo, sinal de ira.

— Como assim? — digo. — Vós precisais dar-lhe a absolvição para seu caminho derradeiro...

— Não — diz Alberto. — Dá o sinal ao mestre para que corte a cabeça!

— Padre — grito —, isso eu não faço! Sem o viático é injusto executar a sentença!

— Mostrei clemência a essa mulher — diz Alberto. — Queriam assá-la no fogo, passar e repassar no alcatrão... Cruéis! No julgamento disse bem claro que o sofrimento não seria necessário e que Deus decidiria o destino dessa infeliz. Manda o mestre cumprir o seu dever...

Falávamos baixinho, mas os que estavam mais perto entenderam do que se tratava. Um sopro de horror passou pela multidão. Ouviram-se gritos seguidos de choro. O povo caiu de joelhos em volta do cadafalso, todos rezavam e imploravam a Alberto para que mostrasse piedade cristã a essa mulher infeliz. Ela logo percebeu o que estava acontecendo.

— Padre! — gritou no maior desespero. — Piedade!!! Que me queimem viva, rasguem o meu corpo com os cavalos, mas não me negue esse último consolo. Tenho culpa, sim, mas não deixais a vingança ser tão cruel.

Farias de Saxe aproximou-se de Alberto e pegou no seu braço.

— Não desafiais Deus, velho! — gritou com raiva. — Dai o viático a essa infeliz, a não ser que a vida não vos seja agradável...

Alberto olhou como se Farias de Saxe fosse um inseto rastejando aos seus pés.

— Senhor conde, não precisais me dar lições em matéria de virtudes e de pecados porque não sois digno de ser o meu mestre. E não me ameaçais com a morte, porque não tenho medo. Mais uma palavra e mando meus homens prender-vos e vos pendurar num desses galhos secos...

De Saxe mordeu os beiços e disse com calma:

— Padre Alberto! Vós estais abusando do direito de substituir Deus. Sem a absolvição essa infeliz vai ter que ir ao inferno por toda a eternidade!

— Vai ter que ir mesmo? — disse Alberto com um sorriso sarcástico. — E por que vai ter que ir?! O senhor acha que eu fiz um pacto com Deus segundo o qual Ele não pode alterar as minhas decisões? Quem é Deus para vós, de Saxe?! Ele não é um pequeno comerciante de Gand, estúpido! É da vontade dele que depende se a alma dessa mulher será jogada para o inferno ou se Ele a deixará ficar ao seu lado, entre os anjos... E vós pensastes, verme miserável, que eu tenho contato com Deus, que se pode fazer negócios com Ele?...

— Padre — cochichou Farias de Saxe. — Não negais a essa mulher...

— Estais gemendo, estúpido! Todos vós sois iguais... Toda essa multidão é a mesma coisa! O que é isso?! Vós achais que, se eu negar-lhe o viático, ela será condenada à perdição eterna?!

— Padre — disse eu com calma, abafando a raiva e o medo, pois senti que estava me metendo em coisas insondáveis e obscuras —, o sacerdócio deu a vós o poder de agir em nome de Deus. Deus vos confiou uma parcela da Sua vontade, portanto, em nome dele vós administrais a remissão dos pecados.

Ele ria baixo, a sua barba grisalha tremia-lhe no peito.

— Imbecis! — rosnou. — É verdade que sou um servo de Deus, mas onde está escrito que o senhor deve lealdade a seus criados!? Botaram nas suas cabeças que, se eu tomar esta ou aquela decisão, amarrarei as mãos de Deus! Mas Ele é onipotente e onisciente. Há mil anos Ele já tinha decidido o que está acontecendo hoje... Sai, João, e vós também, conde de Saxe! Que o mestre corte a cabeça dessa mulher...

O que pude fazer? Aproximei-me do carrasco e disse-lhe:

— Faze o teu dever...

Olhou-me desconfiado. Das fendas do seu capuz vi um brilho inquieto em seus olhos.

— Pecado! — resmungou.

— Não julgues pelos outros — respondi com dureza.

E rolou a cabeça da mulher... A multidão chorou, alguns disseram que Deus castigaria a cidade de Arras por ter cometido um ato tão horrendo. Depois desse acontecimento o ambiente mudou. As pessoas já não maldiziam mais Davi, mas Alberto. Aliás, Davi mostrou-se generoso com a cidade. Um tempo depois absolveu com o seu poder episcopal os pecados da mulher morta e libertou-a do inferno. Lembro-me da noite em que Alberto soube dessa decisão do bispo.

— É Davi o companheiro mais próximo de Deus! — exclamou. — Já vejo o que está acontecendo no céu. Levam a Deus a notícia de que o bispo de Utrecht acabara de absolver os pecados daquela mulher. Um corre-corre nos salões celestes, uma gritaria e uma inquietação. O Senhor Deus está desolado. Como pude fazer uma coisa dessas, diz a si mesmo, um descuido tão grande. Agora o bispo de Utrecht pode ficar zangado. Tirem imediatamente essa mulher do inferno e coloquem-na no fogo do purgatório. Assim fazem os anjos especiais, e um deles vai a Gand para comunicar humildemente que tudo ocorreu conforme o bispo teve a bondade de decidir. Mas o quê!? O anjo tem que esperar, porque Sua Excelência está ocupado com um banquete ou com uma prostituta... Estúpidos, estúpidos, estúpidos! Imaginam que Deus é um confidente ou um sócio deles, ou uma parte no conflito! E O tinham visto? E tinham alguma vez conversado com Ele?

— Padre Alberto — disse eu então —, há certos princípios que ordenam a nossa vida e a nossa salvação. Está em poder do bispo agir em nome de Deus, e mesmo que seja difícil falar aqui de um acordo, é preciso lembrar que o céu espera dos sacerdotes certas decisões que estejam de acordo com os ensinamentos da Igreja.

— Os ensinamentos da Igreja só em parte vêm de Deus, em parte são dos homens — interrompeu-me Alberto.

— Com isso estou de acordo, padre... Mas convém lembrar que sem a particular graça da revelação a Igreja não seria capaz de constituir as leis...

— Essa é outra questão — resmungou Alberto. — E não vou compartilhar contigo o que penso a esse respeito.

Para dizer a verdade, naquele momento ele falou como um herético. Mas seja como for, ele fazia parte daqueles que tiveram o privilégio de freqüentar os limites da heresia. Estava demasiadamente perto de Deus para que não germinassem nele algumas dúvidas.

Volto ao fio da minha história. Assim então na cidade reinava a peste. Os portões estavam fechados de vez, as sentinelas colocadas fora das muralhas e todos os que quisessem fugir tornavam-se um alvo fácil para os guardas episcopais. Os moradores estavam muito revoltados. Tanto sentiam o seu abandono e a sua desgraça que se decepcionaram com aqueles em quem durante tanto tempo confiaram. O duque Davi cercou-os com um cordão intransponível, e, apesar de ele ter tentado aliviar a deplorável situação da cidade com o fornecimento de mantimentos, os bandos de saqueadores frustraram as suas boas intenções. Ao mesmo tempo, Alberto traíra a cidade recusando o ato do amor cristão à infeliz infanticida. Assim os moradores de Arras viram-se jogados ao fundo do poço da existência. Começaram a multiplicar-se as revoltas e blasfêmias, uma vez que as pessoas chegaram à conclusão de que o próprio Deus estava escarneando delas.

Há cem anos um ambiente como esse certamente não teria sido possível. Naquele tempo o mundo louvava Deus e estava prestes a cumprir a vontade d'Ele. E hoje? Hoje diz-se cada vez mais que a nossa terra é redonda como a maçã e que de modo algum está parada no mesmo lugar. Diz-se também que o corpo humano tem muitas semelhanças com o corpo de um cachorro, de um gato e até de um porco. As novidades perturbam as mentes, e a dúvida invade as almas. O mundo vive uma enorme mudança, cujos limites são flexíveis e indefinidos. Será que foi possível cem anos atrás as pessoas se reunirem nos cemitérios, entregando-se aos piedosos e assombrosos ritos de adoração à morte? Nos tempos dos nossos avós, morte era morte, e ninguém se espantava com o fato de que os nossos corpos apodrecem, depois secam para enfim transformar-se em pó... Reparai que hoje as pessoas vivem profundamente preocupadas com isso, e o medo da morte enche todos os corações cristãos. Há nisso certo desespero, uma incerteza, como se em nossas mentes tivesse nascido a idéia de que com o último alento tudo acaba, que ao morrer entramos no nada, na escuridão, no não-ser, onde nem a consciência desse vazio onipresente, portanto nem o próprio vazio, existe, onde não há nada, nada mesmo...

Em nome do Pai, do Filho e do Espírito Santo. Amém. Será que existe na vida humana algo pior do que a sensação de Deus ser uma infinita escuridão? Para se libertar disso os homens saem pelas estradas flagelando-se, com o sangue escorrendo pelo corpo e suplicando a Deus que se torne a luz e a vida. A nossa religiosidade é clamorosa e sombria, não como era nos tempos de São Francisco, que ensinava aos homens como deveriam se alegrar com o sol, com a flor e com os sopros do vento... Quem é que hoje, olhando o céu, sente alegria ao ver o brilho das estrelas ou a forma de uma nuvem? Quem é que encontra o prazer nas cores de um prado florido? E afinal quem é que, ao tocar na casca de uma árvore, sente um agradável arrepio pelo contato com a obra de Deus? No ar sufocante das tochas ardentes, em meio à fumaça de incenso, diante do Todo-Poderoso que vela nos altares, batemos a testa contra o piso de pedra da nossa igreja. Confessamos aos berros os nossos pecados, pois nos parece que, ao nomear os nossos atos nos livramos do seu peso. Espero que eu esteja enganado, mas penso que estamos nos aproximando do fim. Está próxima a hora de o mundo acabar e Deus absorver todos nós para continuar na solidão, dentro do seu próprio ser. E essa é, de fato, uma visão apavorante, apesar de que ela deveria alegrar todo coração cristão.

Como já disse, a cidade de Arras estava sofrendo. A mulher infeliz, decapitada pela ordem do Conselho, não foi a única criminosa daquele tempo... Crimes semelhantes multiplicaram-se. Os homens deixaram de ter medo do inferno e das mais sofisticadas torturas e faziam de tudo para matar a fome. Os instintos animalescos sobrepunham-se à natureza humana. Abriam-se as sepulturas para entregar-se ao canibalismo mais horrível. Acontecia de as famílias matarem os seus moribundos para se alimentar com a sua carne fresca, livre do mau cheiro da podridão. Como acontece quando os homens prevêem o fim de tudo, naquele tempo a mais desenfreada depravação tomou conta da cidade. Mulheres virtuosas e exemplares passaram a comportar-se como meretrizes. Podia-se ver cenas de uma indescritível indecência acontecendo a céu aberto ou até às portas das igrejas. É impossível descrever esse horror com a nossa pobre língua. Quando a filha de um fidalgo ficou doente, ele, chorando e rindo ao mesmo tempo, subiu sobre ela gritando que não era digno que sua filha deixasse este mundo sem conhecer o prazer da relação carnal com um homem. "Deus não pode ser tão cruel com a minha filha..."

A cidade passou a viver um tempo de provação. O pior de tudo foi que não se podia esperar ajuda de ninguém. As pessoas sentiam-se enterradas vivas, dependendo exclusivamente das suas próprias forças e da sua iniciativa, o que — para dizer a verdade — as livrava dos laços que o mundo costuma impor. Ao sentirem-se tão sozinhas, tão abandonadas pelos seus senhores eclesiásticos e seculares, tão impiedosamente condenadas, chegaram a pensar que tudo o que antes as ligava ao mundo deixara de ter algum valor. Na hora de tão terrível provação, mortos pela peste e pela fome, os seres humanos viram-se como que numa ilha deserta, cercados por todo lado pelo mar obtuso, indiferente e intransponível. Mas não era só isso que moldava a sua imaginação. No princípio, em face dessa desgraça, quase todos tornaram-se iguais, e as leis consagradas desmoronaram. Morriam do mesmo modo os artesãos, os senhores e os sacerdotes, os homens e as mulheres, os velhos e as crianças. A morte, entrando na cidade pelo portão em seu cavalo preto, batia em todas as portas sem olhar para o tipo de casa. Os ratos nojentos que, em grande número, apareciam na cidade à luz do dia, sob o céu tórrido, com o mesmo apetite, atiravam-se aos corpos, fosse nobre ou plebéia a sua carne. Farias de Saxe, cujo orgulho parecia mais forte do que a vontade de viver, cuidava para que as diminutas porções de comida chegassem uniformemente a cada boca.

Assim, no início dominava uma singular igualdade, marcada pela selvageria e loucura... Alguém conseguiu levar a multidão para o convento dos dominicanos onde há séculos haviam sido guardados os livros sábios. Não se sabe por que a multidão fez dos pergaminhos uma enorme pilha e nela atiçou fogo. Quando as chamas dispararam ao alto, os homens deram-se as mãos e dançaram à luz do fogo e nas nuvens da fumaça até altas horas da noite. Destruíram tudo o que não servia para comer. Na cidade começou o tempo dos novos valores e — queira Deus — poderia parecer que, com toda essa desgraça e amargura, os homens respiraram com maior liberdade! De repente, quase todos, sem exceção, viram sua vida anterior carregada de muitas extravagâncias e dispensáveis ilusões.

Ninguém questionava: "para que os livros e as ciências agora?" Mas: "para que os livros e as ciências em qualquer tempo, se, ao contrário da nossa vontade, os tempos se cumprem e é preciso sair deste mundo sem conhecer a alegria, o gozo ou sequer a verdadeira desgraça..."

Ao duvidar dos princípios, logo perderam a fé em Deus. Cada dia que passava precisavam menos d'Ele, porque não estava presente, tinha deixado Arras, entregando a cidade aos esfomeados. E eis que, de repente, os nossos corpos moribundos, magros de tanta fome, inflamados por dentro pela peste, ganharam a maior importância. As pessoas olhavam com ternura os seus rostos, seus braços, suas barrigas. O que não era corpo não representava valor algum, e nada era mais digno de ternura do que o corpo. Os mais gordos chegavam a sentir um prazer muito especial por gozarem de respeito, quase de uma veneração. Mas isso não durou muito, porque justamente os mais gordos foram os primeiros à corte... Precipitados dos altares, acabaram nas mesas. Começou a tirania dos magricelas. Um terror medonho dominou a cidade, e a selvageria chegou ao auge.

Como é engraçada a natureza humana! Quando aquela mulher fora julgada, todos pensaram que Arras havia chegado ao fundo da desgraça e da amargura. Pouco tempo depois, o processo da infanticida tornou-se uma lembrança do passado idílico.

A cidade em que os tribunais funcionam, onde se constituem as leis e executam-se as sentenças não é uma cidade abandonada por Deus. Em Arras, onde, como foi calculado depois, um em cada três moradores morreu da peste ou da fome, já não havia nada de divino. Ficamos sós com a nossa humanidade, nossos corpos, nossa imaginação alimentada apenas por nossos estômagos.

Havia nisso algo de uma cruel libertação. Porque toda essa gente sempre foi sujeita à prepotência da hierarquia. Não se pode negar que a hierarquia seja uma benção, mas também não se pode negar que seja uma coleira. Ah, não acho que alguém que chegou a este mundo como camponês sofra por ser camponês ou queira ser outra coisa. Uma quimera dessas só poderia ser produto de uma mente muito estreita. Parece óbvio que o camponês seja camponês, portanto, que tudo nele seja camponês, que cada partícula do seu corpo seja camponesa, e que um homem que quisesse ver a sua condição camponesa assim como eu a vejo deveria sair de si, colocar-se fora do seu próprio ser. Comigo é a mesma coisa! Tudo em mim é senhoril e eu respiro de modo senhoril, conforme o papel que me foi destinado desempenhar neste mundo. E não sei como pensa um artesão, pois eu não sou artesão. Posso sim, supor, mas será sempre uma suposição senhoril. Portanto, não quero dizer que, naqueles dias terríveis da fome e da peste, o camponês sentia-se igual ao senhor. Foi justamente dos senhores que ele, no início, esperava a proteção e o socorro. Quando se deu conta de que mesmo os mais bem-nascidos não podiam nada, percebeu que estava perdido. Porém, essa impotência dos senhores que o levou ao desespero tornou-se depois a fonte de uma força estranha. Se a proteção dos poderosos não era capaz de satisfazer as necessidades do momento, ela perdia todo o seu valor. Por isso o camponês órfão tornava-se independente. Também os senhores, que antes haviam olhado para o Conselho e para a Igreja, agora viam-se abandonados pelo Conselho e pela Igreja. Cada um de nós em toda a sua vida era submisso diante dos que estavam mais alto, mas, quando a fome e a peste derrubaram a hierarquia, transformando-a em estrume da nossa impotência coletiva, todos nós, sem exceção, descobrimos a nossa própria peculiaridade no mundo. Éramos órfãos e condenados, mas livres de qualquer submissão, a não ser da submissão a nós mesmos. Uma solidão terrível nos tinha alcançado, mas nela havia algo de sublime. Até então, vivendo e morrendo, estávamos todos, sem exceção, permanecendo num estado de submissão. Não duvido que fosse um estado de doçura e de segurança. Ao experimentá-lo, esforçamo-nos para agradar aos outros, àqueles que na hierarquia ficam acima ou abaixo de nós. A submissão é a beleza da nossa existência. Em troca recebemos por ela proteção e paz, ou seja, ela nos permite sentir o prazer da vida. Sem ela, o destino nos trai, tornando-nos uma presa da nossa própria singularidade. E eis que na hora da morte, de um sofrimento terrível, de um desespero e de uma volúpia, ao mesmo tempo, os moradores de Arras diziam cochichando:

— Sou filho de homem. Sou filho de homem e nada além disso!

Foi um peso insustentável e talvez por isso tenhamos caído tão fundo.

As nossas mentes, porém, continuavam funcionando sim, na medida do possível, uma vez que as pessoas se encontravam tão terrivelmente esfomeadas. Uns recebiam revelações e conversavam com os patronos celestes. Poder-se-ia observar os senhores cépticos, acostumados a fazer sutis meditações acerca da natureza humana, passeando pelas ruas de Arras e conversando com alguém invisível. Nessas disputas eles se comportavam de modo muito cortês, sorrindo e reverenciando o interlocutor vindo diretamente do céu. E não havia nada de exaltações místicas, febre ou doença nesse comportamento. As pessoas continuavam elas mesmas em cada palavra e gesto, mas também delas saía um outro, um companheiro, até então preso e calado, que agora, na hora mais terrível, tornava-se igual a elas, e elas o deixavam caminhar ao seu lado rumo à morte. Poder-se-ia ver também os monges que passaram anos rezando, jejuando e fazendo penitência, saindo à luz do dia de suas celas obscuras e entregando-se a práticas libertinas com as mulheres, blasfemando contra Deus. Mas o que hoje nos parece mais estranho é que cada morador de Arras tinha, naqueles tempos, uma razoável explicação para sua metamorfose. Penso que a razão nunca havia triunfado tanto como naqueles dias, sob uma degradação de valores tão generalizada. As pessoas sabiam encontrar uma justificativa para cada exaltação e cada imoralidade. É significativo que a precisão dessas justificativas tornasse uns menos e outros mais iguais. E esse fato restituía novamente os justos valores a nossa vida em Arras. Pois ficara óbvio que não havia como existir sem determinados valores apenas para o estômago, no estômago, pelo estômago... É inegável que o estômago constituía uma medida poderosa de valor, mas não era algo que pudesse satisfazer plenamente. O fato de que todos, sem exceção, desejassem comer, não significava no entanto que todos fossem igualmente maus, bons, nobres ou vis. Apareceu então na cidade uma nova hierarquia no meio dos fantasmas magrelos e desesperados. Uns ensinavam e outros eram seus discípulos. E não era o objeto desses ensinamentos que tinha importância, mas a nova submissão em si, os novos relacionamentos, que tornavam mais leve o fardo da aniquilação.

Tudo isso aconteceu há apenas três anos... Como podem então nos surpreender os atos dos cidadãos de Arras do último outono?

Quando tudo já parecia perdido e não havia esperança nenhuma, a peste de repente cessou... Como se Deus reconhecesse que tínhamos experimentado o inferno... No início as pessoas não se deram conta dessa mudança do destino. O número de mortos ia diminuindo a cada dia, e, para completar a nossa felicidade, os bandos de ladrões se retiraram, e de novo ouvia-se nas madrugadas o guincho das carroças episcopais carregadas de alimentos. Parecia um sonho. Não nos dávamos conta da própria fartura e da saúde. Ainda continuavam as cenas de blasfêmia e licenciosidade, mas as paixões apagavam-se aos poucos, e com isso começou a germinar em Arras um indescritível arrependimento. Os que haviam conversado com os santos patronos agora troçavam do céu, e os que haviam feito ameaças a Deus flagelavam-se às portas das igrejas. Farias de Saxe já não distribuía alimentos, pois os havia em abundância. E de novo, como antigamente, o povo simples satisfazia-se com o pior, enquanto os senhores exigiam o melhor. E, como antigamente, ninguém protestava. Aos poucos voltava o equilíbrio, mas um equilíbrio vacilante e insípido, porque certas experiências ficam gravadas na memória humana, e, apesar de todos agradecerem humildemente pela sua salvação, não podiam viver com a mesma alegria com que tinham vivido antes. Procurando abrigo na submissão e na comunidade, as pessoas não deixavam de sentir a solidão. Para alguns foi mais difícil suportar a vergonha do que a peste. Apesar de o ambiente de perdão generalizado dominar a cidade e as pessoas fingirem que não acontecera nada que pudesse ter comprometido a sua dignidade, as noites em Arras eram inquietas, repletas de pesadelos, de lembranças desesperadas e lágrimas humilhantes. Já naquele tempo a cidade desejava a purificação, já naquele tempo procurava-se a fórmula que desse explicação a todo esse drama.

No dia em que foram abertos os portões, tocaram triunfantes todos os sinos e uma enorme procissão passou ao redor das muralhas. À tardinha caiu uma chuva torrencial lavando os restos da iniqüidade. Na manhã do dia seguinte, sob o céu todo azul e à luz do novo dia, chegou à cidade o duque Davi. Foi recebido com a humildade devida ao reverendíssimo pastor e filho do rei, mas sem aquele amor que o povo costumava depositar aos pés dos seus benfeitores. Quando Davi, acompanhado pelo padre Alberto, abençoou a multidão, um grande número de cidadãos de Arras abaixou a cabeça, mas sem dobrar os joelhos. Alberto disse então sussurrando:

— Vossa Excelência lhes perdoe, foram tão duramente provados pelo destino que chegaram a duvidar um pouco...

Davi retrucou:

— O que tenho eu com a fé ou a dúvida deles? O importante é terem sobrevivido...

Para dizer a verdade, senti-me um pouco ofendido. Pois, se alguém menospreza as nossas dúvidas, menospreza também a nós mesmos e a nosso destino. Mas fiquei calado, porque não me parecia conveniente contradizer o duque.

O ambiente durante a sua estada ficou um tanto tenso. O que não quer dizer que o duque tivesse mudado a sua atitude em relação à cidade ou que a cidade tivesse alimentado ressentimento. A fartura fez acalmar os espíritos, e poucos se lembravam de que Arras fora isolada do mundo por ordem do bispo... Mas o problema é que devido a nossas experiências nossos caminhos separaram-se um pouco. Enquanto nós, dentro das muralhas de Arras, convivíamos com a peste e a fome, Davi banqueteava em Gand. Não quero ser superficial no tratamento dessa questão. Ninguém duvidava da sinceridade da compaixão do duque nem do seu desejo de nos ajudar. Mas uma coisa é ser socorrido e outra é socorrer. Uma coisa é sofrer e a outra é ter pena dos que sofrem. Uma coisa é saber e a outra é conhecer. O duque sabia da morte, mas nós a conhecemos de perto. Depois de sair do abismo, sentimos uma espécie de nostalgia dessa experiência que nos fora dada e que nos havia enriquecido tanto. Ninguém em Arras falava em voz alta sobre os dias da peste. Mas pensava-se neles bastante. Como se neles houvesse um consolo e um mistério confiado somente a nós, moradores dessa cidade, e a mais ninguém.

Deve ser por isso que as extravagâncias do duque não foram recebidas com a mesma compreensão de antes. Para ele essa era a prova de um desafeto, o que o irritava um pouco. Um dia ele ofereceu um banquete. Os moradores de Arras comiam pouco e bebiam menos ainda, enquanto a corte episcopal, como era de costume, não conhecia limites. Davi inclinou-se para mim e disse:

— Vejo que a minha comida não quer passar pelas vossas gargantas. Que arrufos são esses, João? Cuidado para que eu não os considere uma ofensa...

— Não nos julgue com tanta severidade. Nós amamos Vossa Excelência como antes e nos alegra o banquete à sua mesa. Mas o nosso gosto hoje é diferente. Cada pedaço de carne nos traz uma sensação da qual o paladar brabantês não faz idéia. Comer tornou-se para nós um acontecimento, aliás, não muito agradável... O que antes nos dava prazer, hoje não passa de uma necessidade. Nós não temos culpa, Vossa Excelência...

— Arras sempre foi propensa a um certo exagero — respondeu Davi. — É uma cidade de belas tradições escolásticas, onde outrora se discutia a quantidade de pêlo do rabo de Belzebu. Não duvido que passastes por sofrimentos terríveis, mas onde está escrito que isso é motivo para glória?

— Não desejamos a glória, Vossa Excelência, mas o silêncio, a segurança e a paz. Não nos vangloriamos do nosso sofrimento. Penso até que, ao lembrarmos os dias recentes, sentimos mais vergonha do que orgulho. Mas a verdade é que isso passou a ser nossa propriedade. Não se pode renunciar em Arras a esse sofrimento, nem cedê-lo, nem extirpá-lo. Ele faz parte de nós. Exprimo-me de maneira suficientemente clara?

— Sim, a tua fala é clara, o que não muda a essência das coisas, ou seja, que a cidade de Arras me impõe hoje, consciente ou inconscientemente, a participação na sua experiência. Ela coloca à frente do meu nariz as suas feridas e os seus cemitérios, enquanto eu quero gozar a vida e me divertir. Pode ser que os dias da fome e da peste vos tenham enobrecido, mas não existe razão nenhuma para que esse fato se torne o exemplo a ser seguido pelos outros. A peste castigou Arras e não Gand. Isso vos dá o direito de vos considerardes melhores?

— Não nos consideramos melhores, Vossa Excelência...

— Como não?! — retrucou o duque, com a voz áspera, batendo com a mão na mesa. — Como não?! Vós não parais de chamar a atenção para o fato de que sois diferentes por causa das suas experiências amargas. Ninguém deste mundo exibe a sua diferença para se humilhar, cada um faz isso para se elevar. Mas já que vós estais sentados à minha mesa e eu vos recebo, quero que o meu gosto seja o vosso gosto, a minha diversão a vossa diversão, a minha pequenez a vossa pequenez...

— Quem teria coragem de acusar Vossa Excelência de pequenez?! — exclamei, espantado.

— Eis aí, todos aqui presentes... — disse ele, fazendo um círculo com a mão indicando os seus convidados. Disse isso bem alto e muitos o ouviram...

É difícil acreditar, mas naquele momento fiquei com vergonha. E não foi pelo duque, mas pela cidade de Arras! Porque a razão estava do lado dele. Não pelo que dissera, mas porque ele era Davi. Ele nascera para ter razão. Assim todos os presentes à mesa perceberam naquele momento que o rio estava voltando para o seu antigo curso. O status salutar das leis divinas pôs fim à nossa descrença. Depois de um momento de silêncio, ouviram-se os gritos costumeiros dos banquetes, e logo todos ficaram bem à vontade. Somente Alberto permanecia sério. Sentado à direita de Davi, inclinou-se em sua direção e disse:

— Como Vossa Excelência odeia essa cidade!

Ao que Davi respondeu:

— Odeio o sofrimento, meu bom padre...

Alberto disse então:

— Hoje isso significa o mesmo, Vossa Excelência!

Davi respondeu:

— Acertaste... Então que seja! Odeio Arras! — E soltou uma gargalhada espalhafatosa como se tivesse se libertado de alguma coisa.

Em nome do Pai, do Filho e do Espírito Santo. Amém. Não acredito que naquela hora Davi tenha dito a verdade. O mais provável é que ele tenha expressado assim o seu desafeto ao padre Alberto, pronunciando as palavras que deveriam feri-lo. Pois não é possível que um senhor tão importante odiasse uma das suas cidades com todos os seus moradores. É possível que estivéssemos irritando Davi com a nossa amargura e com a intensidade dos nossos sofrimentos. De qualquer forma fomos os mais experimentados de todos os moradores do Brabante, o que poderia ter provocado na mente do bispo o medo de que quiséssemos ficar acima dos outros e talvez até alcançar as alturas que ele próprio ocupava. Se ele pensava assim, estava completamente enganado... Porque justamente durante o banquete todos os burgueses se convenceram de que é bom ter esse homem forte, duro e cheio de alegria, como pai, pastor e senhor. Ah, como ele nos agradou naquela hora... Às altas horas da noite, quando todo mundo começou a ficar com sono, o duque mandou vir os artistas da corte. Havia entre eles cantores, poetas e também um mimo muito indecente e engraçado. Quando chegaram, Davi disse a eles:

— O que tendes para nos apresentar, meus queridos amigos?

— O que Vossa Excelência deseja... — responderam.

— Vós me conheceis. Não tenho exigência nenhuma. Podeis decidir livremente, como é de costume na minha corte — disse Davi.

Assim cantaram e tocaram bem à vontade.

— Vossa Excelência é muito generoso para com essa gente. Aqui não costuma ser assim. O padre Alberto mantém esse povo à rédea curta — disse eu então.

— Eu apoio os artistas — disse Davi, rindo — porque não tenho medo deles. Não exijo nada deles. Comigo eles têm plena liberdade.

— Penso — disse eu — que devem estar contentes.

— De modo algum! — exclamou Davi. — Isso lhes dá medo,

João. Não sabem nem o dia nem a hora. Não sabem o que escondo e não param de suspeitar de algum estratagema.

— Mas isso é uma tolice — disse. — Vossa Excelência não está tramando nada contra eles...

Ficou calado. Olhou-me com um pouco de escárnio. Depois disse:

— Vamos tomar um copo, João...

Essas palavras foram ouvidas por alguns que estavam ali sentados. Eu fiquei estarrecido, enquanto eles pareciam reconfortados. Estavam com sede de poder e de astúcia. Queriam a proteção de um homem que lhes garantisse a segurança. Consideraram então digno de confiança o senhor que tinha os seus segredos. Fazia tempo que haviam deixado de acreditar em Alberto. As suas rezas e seus sermões não haviam impedido as desgraças. Ele exigia que Arras confiasse nos céus, mas os céus haviam se mostrado indiferentes na hora da peste e da fome. Portanto as pessoas estavam dispostas a confiar em Davi, que não prometia a absolvição dos pecados, mas que fora suficientemente severo e poderoso, suficientemente manhoso e frio para pôr fim aos seus tormentos. Arras temia um pouco ser tratada por Davi com mão de ferro, mas diante da fartura e dos portões abertos, isso não significava nada.

Acho que justamente aqui deve ser encontrada a razão pela qual os cidadãos de Arras vieram me procurar depois que o judeu Celus se havia enforcado. Já se passaram três anos daqueles dias terríveis da peste e da fome, mas a sua memória continua viva, bem como a crença de que, em caso de necessidade, o duque Davi, e unicamente ele, pode salvar Arras. Para dizer a verdade, durante todo aquele tempo, o duque apenas duas vezes apareceu na cidade para passar uns dias em banquetes, diversões e caça. Mas bastava a sua presença para a cidade sentir-se mais segura. Depois dos dias da peste, a vida voltara rápido ao seu ritmo antigo. Alberto pregava de novo a humildade e a castidade, encorajava os jejuns e os costumes mais severos, argumentava que éramos as ovelhas escolhidas do rebanho do Senhor. Nesse período, Alberto tornou-se um juiz moderado e justo, como se temesse provocar a ira de Deus, o que certamente acontecera quando recusara o viático à infanticida. Na verdade, depois dessa tribulação Alberto envelheceu e ficou mais triste. Cumprindo a vontade de Davi, transferiu o cemitério para além das muralhas da cidade, uma vez que o bispo de Utrecht lhe havia escrito: "Não permitais que o lugar do descanso eterno fique no meio das construções, porque isso não salvará os mortos e só envenenará os vivos. E deixai os vossos mortos em paz. Não façais deles objeto de negócios, como aliás vós costumais fazer para amarrar ainda mais os vivos com os vossos ensinamentos sobre a salvação eterna. Os mortos já se livraram de vós, reverendíssimo padre, dormem bem em suas sepulturas, dançam com os vermes, e as suas almas já foram recebidas por Deus, que agora toma conta delas. Continuai então colocando as cruzes nas sepulturas, mas mandai enterrar os mortos do outro lado das muralhas. Essa é a minha ordem e espero que seja cumprida de uma vez para sempre..."

É tudo o que soubemos do duque acerca das questões da cidade. No entanto, cada um contava que, quando recorresse à corte no momento difícil, encontraria ali um escudo de segurança. Eis por que os moradores de Arras vieram me pedir que levasse rapidamente à corte episcopal a notícia sobre a grande injustiça de que o judeu Celus acabara de ser vítima...

Mas eu não fui até lá! Conforme o desejo de Alberto, voltei aos que me procuraram e disse-lhes o seguinte:

— Ponderei a questão. Pensei a noite inteira no que devo fazer, rezei pedindo ardorosamente a ajuda de Deus. Vós viestes indignados por causa de uma suposta injustiça cometida por Alberto. É um testemunho da vossa consciência cristã. Porém, pensei que a vossa honestidade está imbuída de orgulho. Contrariar os desígnios de Deus não é uma tarefa para nós. Devemos sim obedecer a eles humildemente. Pois não há dúvida de que o judeu Celus rogou praga na casa de Gervásio. Como explicar de outra maneira o fato de lhe ter morrido um cavalo completamente sadio? Era o que havíamos constatado acima de qualquer dúvida. Mas, para tranqüilizar as consciências, o Conselho decidiu investigar. A sentença não foi pronunciada, e ninguém disse a palavra "culpado"! Se fosse averiguado que a acusação não tinha nenhum fundamento, o cordoeiro teria que ser indiciado. Mas, por enquanto, como costuma acontecer, Celus fora detido no paço da cidade. O que havia de errado nisso?

Um dos presentes interrompeu-me gritando:

— Não deram a Celus o direito de defesa!

— Ainda não estava sendo julgado — respondi. — Foram os primeiros interrogatórios. Só estava respondendo ao Conselho que o indagava. Na hora do julgamento ele teria com certeza o direito de se defender, conforme as leis e os costumes... Mas ele fugiu do tribunal e da cidade, privando-se da própria vida. Dessa forma ele deu a prova de que era culpado. Será que o homem inocente procuraria na morte o refúgio para se esconder da justiça? Tinha tanta certeza de que a sua culpa seria comprovada que ele mesmo fez justiça.

Alguém então disse:

— Talvez não tivesse confiança na justiça da cidade de Arras e quisesse evitar os sofrimentos!

Outro exclamou:

— Não pode ser... Assim ele próprio se condenou à perdição eterna!

Um outro retrucou:

— A vida inteira ele passou na imundície judaica, então seria condenado de qualquer jeito. Os seus medos não eram medos nossos, então não digam que ele se tenha condenado à perdição eterna... Para o judeu Celus, quando se enforcou no paço da cidade, isso não foi uma entrada para o inferno, mas antes uma saída do inferno para algo que a fé judaica lhe prometia... Não se pode então dizer que ele próprio se castigou. Talvez somente procurasse o silêncio e a paz...

Aquele que falava era um homem ponderado e bem-vestido. Parecia um jurista, mas depois se verificou que era o mordomo do senhor de Saxe, a quem o conde dera há anos as terras mais férteis e que fez nelas uma grande fortuna. Mais adiante voltarei a falar dele. Naquela hora perguntei-lhe:

— Então vós achais que Celus não confiava na justiça da cidade de Arras?

— Eu não disse isso — respondeu com expressão de cautela nos olhos. — Talvez ele só tivesse medo de sofrer e, como era um homem fraco, privado da fé cristã, foi embora por vontade própria.

— Vós achais que ele era culpado?

— Eu não era seu juiz — respondeu com altivez. — Nem gostaria de ser. Porque sempre me incomoda uma incerteza, sempre admito a possibilidade de erro, e por isso costumo ficar distante. De qualquer forma nós não viemos aqui para discutir a culpa do judeu Celus, mas para vos pedir que sejais o nosso enviado para falar com o duque Davi. Ele é o nosso senhor e confiamos na sua sabedoria...

— Eis aí! — exclamei animado. — Mas pensai bem. Contra quem vós quereis chamar o bispo para Arras? O judeu Celus está deitado bem morto nos porões do paço da cidade. Não há como ressuscitá-lo, a não ser que essa seja a vontade de Deus. Se então o duque deve vir a Arras, é preciso explicar-lhe o objetivo da viagem. Em favor de quem e contra quem deve vir?! Qualquer que seja a nossa versão das coisas, o duque deverá fazer o julgamento em que, de um lado, ficará o judeu morto e, do outro, a cidade de Arras. Se a razão estiver do lado da cidade, para que incomodar o duque com uma viagem tão longa? Mas, se a razão estiver do lado do judeu, ai de nós! Alguém disse aqui com sensatez que sente incerteza e admite a possibilidade de erro. Mas, mesmo assumindo esse peso, ele não pode tirá-lo dos ombros do duque. O duque, como todos nós, é apenas um homem. Vós achais que Deus sempre fala pela sua boca? Ainda se poderia pensar assim há cem ou duzentos anos, quando o mundo era obscuro e, ao mesmo tempo, mais sublime do que é hoje. Nós temos agora consciência dos nossos defeitos. Pertenço ao círculo de amigos do duque, o que é uma grande honra e satisfação para mim. Mas vos digo com toda a sinceridade, porque prezo acima de tudo o amor à verdade, que não se deve chamar o bispo. Nós não somos as ovelhas prediletas do rebanho dele. E, além disso, comprometer os privilégios de que gozamos seria um pecado imperdoável. A cidade de Arras tem o seu próprio Conselho, seus tribunais e sua própria justiça. Confiar no duque Davi significa não só entregarnos à sua proteção, como também ceder a ele os direitos que são a nossa riqueza. Mesmo se não somos justos, não somos justos à nossa medida e à nossa conta. Vós dizeis que é preciso confiar em Davi... É verdade. E quem não confia?! Há na cidade alguém que não confia? Mas a confiança no duque não pode anular a confiança que tendes em vós mesmos. As idéias de Davi sobre a justiça são, digamos assim, como o próprio Davi. Deus é sempre assim, como o homem que nele acredita. Porque Deus, como vós sabeis, é a nossa saudade do amor, da verdade, do sublime. Deus é a nossa própria superioridade, e a fé nele é o caminho da perfeição. Mas a minha superioridade é diferente da superioridade do outro. Cada um tem as suas próprias medidas...

Estavam me ouvindo com espanto e até com um pouco de medo. Eu próprio senti o tom blasfemo dessas palavras, mas continuava falando confiante, certo de que, ao defender com determinação uma causa boa, poderia contar com a benevolência dos céus.

— Quando é que estamos perto de Deus? Quando as nossas consciências estão limpas. É verdade que a inconsciência do pecado abre as portas do céu até para os pecadores. Se eu faço mal, mas penso que faço bem, então faço bem. E, se faço bem, mas penso que estou pecando, então estou pecando mesmo.

A Igreja de Deus nos ensina o que é bom e o que é mal e nos indica o caminho de salvação. Mas é o próprio Deus que carregamos em nossos corações. E vos digo que ninguém conhece meu Deus, assim como eu não conheço Deus que não seja o meu próprio. Eu sou eu justamente por ter o meu próprio Deus, que não é o Deus dos outros. Apesar de ser Deus Único e Onipresente... O que vós quereis então? Que o duque imponha à cidade as suas presunções e idéias, sua consciência e sua justiça?! Será que a cidade de Arras não é capaz de ter a sua própria consciência? Será que Deus não habita os nossos corações e que não procuramos conviver com Ele, à medida das nossas possibilidades, ou seja, de modo que Lhe agrade? Somos como Deus nos fez. E Deus quer que a cidade de Arras seja assim como é, nem melhor nem pior, nem mais sábia nem mais estúpida... A nossa vida é um mistério. É uma arca de aliança entre nós e o nosso Deus. Para que os outros?! São necessários só para que possamos expressar a nossa negação. Pois tudo o que fazemos é uma negação. Cada um de nós nega que não é ele mesmo. Ser a si mesmo é clamar ininterruptamente que não se é uma outra pessoa. Para dizer a verdade, se o duque viesse aqui, a única maneira de afirmarmos a nossa identidade seria a de não nos submetermos a ele! De onde vem então a convicção de que a fé e a justiça do duque são melhores do que a nossa fé e a nossa justiça? Pois, ainda que sejam melhores, não são nossas! E, não sendo nossas, não podem constituir a nossa fé nem a nossa justiça. Elas tornam-se a sua própria negação, um desespero e uma indignidade. Se Davi viesse aqui e fizesse julgamentos, Arras perderia a si própria. Voltando a Gand, o duque levaria tudo o que sustenta a nossa existência. Enquanto nós ficaríamos aqui, presos numa rede de dúvidas, da imoralidade e do mal, mesmo se alguns continuassem com a ilusão de serem melhorados pela justiça e pela fé do duque. Digo-vos mais uma vez que aquele que renuncia a seus direitos cedendo sua fé aos outros, confiando-lhes a busca de Deus, renuncia à própria salvação...

Estavam me ouvindo com angústia e incerteza. Eu próprio fiquei com medo de ir longe demais. Mas havia conseguido semear neles alguma dúvida porque, quando terminei, aquele que era o mordomo do senhor de Saxe disse:

— Sim, até agora não pensei sobre certas questões. Acho muito interessante o que acabamos de ouvir. É verdade, o duque poderia tirar do nosso pedido conclusões que iriam longe demais. Entretanto, não nos deve faltar honestidade para enfrentarmos o destino aqui, dentro das muralhas, sem estranhos, mesmo que sejam tão dignos como o nosso bispo de Utrecht. Quanto à própria causa, ela está aberta. Não há palavras que possam devolver a vida a Celus. Mas o problema é que devem ser investigados todos os pormenores. O senhor Alberto não agiu como devia e tem de nos prestar conta. Ele tem o nosso respeito e amor, mas, se o duque não nos pode substituir, também o senhor Alberto não tem esse privilégio. Que então preste conta à cidade, e a cidade julgará se o judeu Celus era culpado do crime ou não.

Assim que o mordomo terminou, a maioria aprovou o que ele dissera. Mas alguns saíram amargurados, argumentando que haviam sido induzidos pela minha fala.

Naquele dia o governo de Arras tornou-se extremamente democrático. Alberto, convencido de que não havia mais perigo da vinda do duque, admitiu os votos dos plebeus no Conselho. Os outros aprovaram o novo status sem cólera, mas com um pouco de escárnio. O senhor de Saxe disse-me naquela tarde:

— Eis como o sangue judeu une os bons cristãos... É a melhor argamassa para a nossa cidade. Só é pena que a câmara do Conselho feda a estrume e a lã crua.

Entretanto Alberto anunciou com toda a dignidade e muita convicção, o que até me surpreendeu, que ouvir o povo simples era uma boa tradição da Borgonha, e que não havia nada de estranho no fato de que, a partir de então, os cidadãos de todas as camadas sociais tivessem lugar garantido no Conselho, pois assim era antigamente, nos tempos em que o duque João havia derramado o sangue dos Armagnacs para agradar aos pobres.

Soavam muito bonitas essas palavras. Os moradores de Arras reverenciaram Alberto, e só Farias de Saxe resmungou:

— Cheira mal... mas é um mau cheiro ilustre e paternal, suponho então que foi um traseiro bem-nascido que estragou o ar.

Em nome do Pai, do Filho e do Espírito Santo. Amém. Desde esse dia começaram a acontecer em Arras coisas estranhas. De modo algum quero dizer que a isso tudo deve atribuir-se a iniciativa dos carpinteiros, tecelões e ferreiros, que ocuparam as cadeiras no Conselho da cidade. Mas foi justamente a participação deles no Conselho que abriu perspectivas completamente novas. Poder-se-ia dizer que na cidade aconteceu algo semelhante ao que às vezes observamos na natureza. No outono costumam soprar no Artois ventos muito fortes. Uns vêm do mar para dentro da terra e são saturados de umidade. Outros saem barulhentos das colinas selvosas, que se estendem até Paris, e são extremamente secos. Os dois se chocam sobre os campos do Artois e rolam zunindo. Isso pode ocasionar chuva e dias acinzentados de outono se, durante o dia inteiro, flutua sobre a cidade uma suspensão brumosa; pode também ocasionar tempo limpo e ameno, um pouco refrescante... Mas acontece que o vento vindo do mar absorve aquele outro; e então na cidade cai um aguaceiro, as torrentes de água escorrem pelas ruas, e as árvores perdem em um instante o resto de suas folhagens. Ou, às vezes, aquele vento extremamente seco absorve toda a força do outro; então, durante alguns dias, o tempo fica tórrido, muito desagradável. Os pomares amarelecem ao sol, as uvas ficam superaquecidas e têm de ser jogadas para o gado, que as devora. Enquanto esses dois ventos sopram um contra o outro, no Artois reina um outono ameno, apesar de bastante incerto. Mas basta que um deles vença para ser preciso pagar alto por essa falta de equilíbrio.

Assim também aconteceu em Arras, quando a plebe foi aceita no Conselho. Faltou de repente um elemento independente da rua que moderasse de certo modo — bem ou mal — a atuação do Conselho. Desde que possa relembrar, Alberto e os que o rodeavam tratavam os cidadãos como o homem trata a mulher quando quer possuí-la. Com algo de desprezo, algo de medo e algo de ternura. Durante vinte anos Alberto havia procurado conquistar os corações de Arras. Acho que isso mantinha a sua mente tensa e inquieta. Os cidadãos tratavam-no com um temeroso respeito. Mas isso não significava terem de ficar submissos e com as bocas fechadas. Geralmente tinham também as suas opiniões e, tratando-se de questões importantes, faziam uma gritaria danada. Foi preciso tentar amaciá-los, achar o caminho para essas mentes brutas, às vezes estreitas, às vezes muito perspicazes. Isso dependia da situação. Anos atrás queriam ficar com os ingleses e não lhes ocorrera seguir o exemplo da Borgonha e juntar-se ao rei Carlos. A cidade florescia sob o domínio inglês porque, mesmo que os bandos armados tivessem pilhado e estuprado, os cidadãos de Arras teciam os seus preciosos quadros e os vendiam com lucro do outro lado do canal. A pobreza da corte francesa era tão visível que seria difícil transformar os artesãos e os comerciantes do Artois em aliados do rei Carlos. Naquele tempo Alberto argumentava, mas em vão, que Joana era uma senhora bondosa, cuja espada fora abençoada por Deus contra os ingleses... Para eles era uma cortesã, e maldiziam o dia em que ela fora para Chinon... Foi preciso passarem-se alguns anos para que se acostumassem à nova situação. Depois mandavam os tecidos a Bruxelas, onde o duque de Borgonha pagava caro cada vara de seda, só para comprar o apoio de Arras à sua nova política. Mas a cidade, mesmo florescendo de novo, continuava a gostar dos ingleses e a não gostar dos franceses.

Naqueles novos tempos Alberto fazia esforços enormes para granjear a simpatia de Arras pela corte. E havia muitas outras questões em que ele precisava empenhar-se muito para agradar aos seus cidadãos. Eles conservavam os privilégios, separavam o joio do trigo e sempre cuidavam do seu próprio interesse. Assim, acontecia o mesmo que costuma acontecer sobre o Artois, quando sopram os ventos contrários lutando um contra o outro, o que faz bem aos homens, animais e plantas.

E eis que tudo mudou! Os cordoeiros e os carpinteiros entraram no Conselho para participar do governo. A rua absorveu o reverendíssimo padre, ou foi ele quem absorveu a rua. Já não havia mais elementos contrários. Começou a reinar a harmonia. Foi a primeira praga que os céus rogaram à cidade de Arras.

Meus senhores! Se vós achais que, desde aquele momento, as sessões do Conselho haviam se tornado um campo de confrontos e acirradas disputas, estais redondamente enganados. Quereis ponderar: que situação foi essa?! Antes a plebe tomava conhecimento das decisões do Conselho *post factum.* Freqüentemente protestava contra essas decisões, exclamando:

— Não, não e não!! Senhor Alberto, pensai bem na questão, porque não concordamos e não vamos fazer como vós quereis... Por isso vos dizemos: pensai bem na questão para não provocar mais a ira da cidade.

Então o Conselho debatia novamente a questão, atento para que as novas decisões parecessem diferentes, mais brandas ou mais severas, enfim mais fáceis de serem engolidas pelos cidadãos. A verdade era que a rua nunca participava dessas decisões. A rua sabia gritar "não" e nada mais. Era o que exigia de Alberto, um trabalho penoso, mas também fazia dele um governador sensato. E desde que a rua ocupara o lugar no Conselho, ela mesma passara a participar das decisões. Mas de que forma?

Quem é o carpinteiro em sua casa? O carpinteiro em sua casa é o senhor. Quem é o carpinteiro na rua? O carpinteiro na rua é um cidadão. E quem é o carpinteiro no Conselho? O carpinteiro no Conselho é um submisso calado. Sucede às vezes que o pescador, puxando a rede, precisa se esforçar muito porque o peixe resiste, bate com a cauda contra o espelho de água.

Então o peixe está em sua casa, e o pescador em um elemento estranho. Mas, no momento em que o pescador tira a rede e a coloca na margem do rio, muda tudo... O pescador fica firme em cima de uma pedra e o peixe pula cada vez menos até parar e assim poder ser colocado no espeto sem medo.

Foi o que aconteceu com os plebeus. Foram privados do seu elemento próprio e, além disso, privados da facilidade da negação! Já não podiam exclamar:

— Não, não e não! Senhor Alberto, nós vos dizemos não!

Quando exclamaram dessa forma, ouviram o seguinte:

— Contestar é o vosso direito, e estamos contentes por vós o usardes com tanto orgulho. Mas é preciso tomar as decisões necessárias, portanto, dizei o que achais sobre essa questão!

E tiveram que carregar um fardo, o que nunca haviam feito antes. Torciam-se feito lampréias e exclamavam de novo:

— Não, não, assim não convém...

Mas, por serem homens sérios e conscienciosos, calaram-se, o suor escorria-lhes pelos pescoços, encharcava seus olhos, eles olhavam-se com desespero e medo. Enfim disseram:

— Que seja como o senhor Alberto mandou!

Como poderiam agir de outro modo? Faltava-lhes aquela orgulhosa certeza que acompanha os bem-nascidos a vida inteira. Sentiam-se embaraçados com a delicadeza e a elegância das falas, com a nobreza dos salões, móveis e trajes. Mas, além de tudo, prendia-os a responsabilidade.

De fato, Alberto merece a felicidade eterna. Se não pelos seus atos, certamente pela astúcia. Pois conseguiu o que sonham todos os governantes. Cedendo uma parte do poder à plebe, conquistou o poder irrepartível. Partilhando-o com os ignorantes, manteve-o para si por completo! Foi o que nem o duque Davi havia conseguido, talvez porque, menosprezando tudo, ele menosprezava também o seu próprio poder...

Assim começou o governo que anunciava a harmonia. E ninguém pensava que isso ia ser o pior fardo que o destino havia reservado para Arras. É estranho, mas, quando naquela hora nos reunimos, nem uma palavra sobre a causa de Celus saiu da boca dos plebeus. Como se ela se tivesse extinguido por si mesma, caído no esquecimento. Disse eu ao senhor de Saxe:

— Como é pequena a chama da justiça que arde naquelas mentes. Há pouco todos gritavam em defesa do judeu, e eis que agora ficam como amordaçados diante da majestade do Conselho, dispostos a vender a paz das suas consciências por essa migalha de importância que lhes caiu da nossa mesa...

Farias de Saxe respondeu:

— Na verdade, não vejo nisso nada de extraordinário. Por que vós esperais dos homens simples maior obstinação e teimosia em questões de consciência do que nós vemos nos senhores? São desorientados, eis a questão...

Farias de Saxe foi um homem de grande delicadeza de sentimentos, não é verdade?

Se alguém pensava, porém, que a sombra do judeu Celus não apareceria mais na sala do Conselho, estava enganado. Os carpinteiros e os tecelões ficaram calados, mas Alberto não quis calar-se. E foi o que provocou uma avalanche de novos acontecimentos.

Veio ao Conselho um homem com uma carta dos judeus, pedindo que lhes fosse entregue o corpo de Celus. Foi trazido para dentro. Ficou na sombra da sala de abóbada baixa, todo escuro. Vestido de preto, de barba preta. Pareceu-me flexível como um capão de arbusto espinhoso, exposto aos sopros do vento. Esperava em silêncio enquanto líamos a carta. Do seu lado ficava o contínuo, homem alto e de feições rudes. Era um pouco mais alto do que judeu. Pensei que esse judeu era de certo modo mais adiantado que todos nós, porque já sabia o que ainda não sabíamos e, enquanto estávamos no dia de hoje, ele já estava no de amanhã. Aliás, talvez não tivesse pensado assim, mas somente sentisse uma inquietação e um frio, como se houvesse tocado a pena de um pássaro em vôo.

UMA MISSA PARA A CIDADE DE ARRAS

Todos olharam para esse judeu escuro, enquanto ele olhava só para mim, como os mudos olham para os que falam, ou os animais inteligentes para os homens. Não foi fácil, Deus sabe...

— O que é isso?! — disse Alberto em voz baixa. — Os judeus impõem as suas leis ao Conselho da cidade de Arras?

O judeu baixou a cabeça.

— Temos a maior veneração pelo Conselho — disse. — Apresentamos humildemente o nosso pedido... — e baixou a cabeça ainda mais.

Em nome do Pai, do Filho e do Espírito Santo. Amém. Como é desgraçada a construção do mundo... Imaginai a existência do boi. Ele anda em jugo com a cabeça baixa aguardando o chicote. Vai na corda para as praças do matadouro e, quando querem matá-lo, ajoelha-se. Mas bastaria que a boa sorte o transformasse em touro. O que, então, aconteceria? Seria vã qualquer tentativa de pôr-lhe o jugo. Ele arrancaria as cordas e atropelaria tudo. Seria preciso cinco homens para arrastá-lo para o abate e para que lhe quebrassem os ossos, enchendo o ar com um mugido terrível. Muda completamente a natureza do animal, quando sente a própria força. Com os homens é a mesma coisa! Para onde foi a moderação dos nobres ferreiros de Arras que ocuparam as cadeiras do Conselho? Na figura solitária do judeu grudaram os olhares dos touros furibundos. Ele fez mal, falando com tanta humildade, porque não havia naquele momento nada mais repugnante para eles do que a humildade. As narinas deles farejavam o cheiro de barbárie. Se ele lançasse naquele momento umas palavras soberbas! Mas não... Ficou imóvel, curvado, o que foi considerado um sinal de fraqueza e veneração. Para pessoas como o senhor de Saxe, e eu também, acostumadas com certa subserviência do meio, não havia nada incomum no comportamento do judeu. Mas os que estavam no Conselho, pela vontade de Alberto, pela primeira vez na vida sentiram gozo semelhante. Um exclamou:

— Abaixe mais o seu pescoço, judeu!

63

O que ele logo fez... Olhei para Alberto. No meio da barba cabeluda apareceu um sorriso.

— Não vejo na vossa carta — disse Alberto — o respeito devido ao Conselho. Tu vens com um pedido e é preciso te ensinar como se faz a reverência. Somos compreensíveis, mas toma cuidado para não exceder os limites da nossa paciência.

— Senhor — respondeu o judeu —, não é culpa dos meus patrícios terem escolhido um mensageiro tão indigno e tão infame. Se for preciso, cumprirei a pena com o verdadeiro respeito, mas vos rogo que a nossa comunidade não seja punida, porque ela não tem culpa nenhuma!

— Eis um judeu mentiroso! — exclamou o padeiro Mehoune, e logo levantou-se uma gritaria geral.

Mas Alberto ainda dominava aquela ralé.

— *Pax, pax!* — exclamou. — No Conselho é preciso controlar-se!

Calaram-se. Então nosso reverendo perguntou ao judeu o seu nome. Chamava-se Icchak. Alberto deu com a mão o sinal para ele sair.

— Senhor — diz Mehoune —, como é possível que o Conselho deixe impune uma ofensa judia?

— Não vi nenhuma ofensa, padeiro — responde Alberto. Começam a gritar de novo, mas ele os acalma. — Mehoune — diz ao padeiro —, realmente achas que esse judeu quis conscientemente humilhar o Conselho?

— Acho sim! — grita o imbecil, todo vermelho de raiva e transpirando vingança.

— E tu, tecelão Yvonnet?

— Eu também acho — responde Yvonnet.

Todos em seguida davam a mesma resposta. Ao terminar com eles dirigiu-se a mim:

— Meu bom amigo João, o que achas disso tudo?

— Acho — disse com certo receio — que o comportamento do judeu foi grosseiro!

O reverendo sorriu levemente e dirigiu-se ao senhor de Saxe:

— E tu, prezado conde, o que achas?!

Farias de Saxe bufou feito um gato:

— Senhor Alberto — disse sem esconder a raiva —, eu sou um de Saxe, como então poderia me sentir ofendido por um judeu?! Onde está ele e onde estou eu?!

Alberto disse em tom suave:

— Nós sabemos que os condes de Saxe são a flor do Brabante. E é óbvio que um pedaço de merda judia não pode sujar o teu sobretudo!

Senti que, depois dessas palavras, começou a surgir em volta do conde um muro de má vontade e desconfiança.

Seria esse o fim da sessão do Conselho, mas Alberto disse ainda:

— A consciência cristã me diz que o pobre Celus não tem culpa do que aconteceu hoje. Por isso peço que o Conselho autorize a entrega do corpo à comunidade judaica. Que seja enterrado conforme os costumes judaicos. Quanto à comunidade judaica em si, ainda voltaremos a essa questão.

E assim decidiu o Conselho. Foi cada um a seus afazeres, todos cheios de santa ira. Nesse dia adormeceram comovidos com a sua bondade e preparados para administrar justiça à comunidade judaica. Foram puros e honestos como nunca haviam sido antes. À cabeceira de cada um havia um anjo da guerra santa, que já haviam declarado...

Quanto a mim, lembro muito bem que não consegui dormir a noite toda. Atormentavam-me medos que hoje não saberia denominar, pois daqueles acontecimentos já nos separam o outono e boa parte do inverno. A neve de Flandres cobriu boa parte da minha memória, e os ventos vindos do canal varreram da minha cabeça muitas imagens. Lembro-me, no entanto, de que, quando o sol nasceu e clareou um pouco, adormeci e tive um sonho desagradável. Sonhei que estava atravessando um país desconhecido, completamente deserto e como que esculpido de uma só pedra. Os meus pés não deixavam nenhum rastro na superfície da terra. Não estava conseguindo ver homens, nem animais, nem árvores, nem ervas ao meu redor. Uma pedra dura e nua estendendo-se até o horizonte, e eu, sozinho sob o céu turbulento. Isso não deve ter durado muito, porque, quando abri os olhos, o sol ainda estava baixo sobre os telhados da cidade, e o frio penetrante da noite ainda não passara. Mas, mesmo que o sonho tivesse sido curto e efêmero, percebi, ao acordar, que nunca antes tivera um contato tão direto e doloroso com Deus e com a minha fé cristã.

Em toda a minha vida me acompanhara a solidão, mas fugia dela procurando abrigo nas relações com outras pessoas, o que me permitia viver com maior intensidade e segurança. Naquela manhã percebi como são ilusórios tais esforços. Vi-me sozinho no mundo, diante do Senhor Deus, e percebi como sou indefeso. Fiquei então com um medo terrível. Que importância tenho eu, pensei, diante da imensidão do mundo que me foi dado como morada? Sou um cão perdido ou um cavalo coxo abandonado numa encruzilhada, ou uma folha caída de uma árvore. Estou caminhando para a frente pensando que conheço a direção, mas é uma ilusão idiota, porque na verdade não faço a menor idéia de onde está o Oriente, o Ocidente, o Norte e o Sul. Estou caminhando com dificuldade, sem deixar sequer os traços dos meus pés na terra cruel e inimiga e, quem sabe, voltando sempre ao mesmo ponto, que não é marcado e não difere de outro qualquer. O único reconforto nessa minha fadiga cada vez maior é a convicção de que me dirijo a algum lugar, de que deixo algo atrás de mim, e de que algo novo me espera nessa caminhada. Mas, ainda hoje, quando eu olho à minha volta ou à minha frente, atrás ou para os lados, vejo sempre o mesmo, o inconcebível e indescritível vazio, tão assombroso que fico com os cabelos arrepiados e o coração dispara como um pássaro apanhado. Porque não existe aqui nenhuma medida para os meus esforços, apenas o tempo e o espaço, apenas Deus preenchendo tudo, e eu diante de Sua face pétrea.

Lembro-me daquela manhã horrível. Ao levantar-me da cama, fiz um barulho, e logo apareceu à porta o meu criado. Era um homem sem graça, que eu mantinha havia alguns anos em casa, mais por preguiça do que por vontade. Sempre o achei desagradável por sua imbecilidade inata e por sua estupidez. Mas tenho coração manso e protelava a resolução do caso. O afastamento de um servo nunca é agradável para o senhor. Ele continuava então na minha casa, sempre um pouco de tocaia e amedrontado. Porém, cumpria bem todas as suas tarefas, com medo do chicote. Eu sabia que esse servo não me amava. Mas, quando naquela manhã ele apareceu na porta e me olhou de soslaio, aguardando as ordens, de repente senti uma alegria inexprimível pelo fato de ele estar ao meu lado. E imediatamente o medo passou.

Não sei se os outros membros do Conselho tiveram sonhos ruins naquela noite. O que sei é que ao meio-dia apareceram no paço da cidade inquietos e excitados. Sentei-me ao lado de Alberto, como sempre, enquanto o conde de Saxe, o senhor Meugne e o senhor de Vielle sentaram longe como nunca até então. Pensei naquele momento que essa atitude era compreensível. E fiquei com um pouco de inveja. Mas pode um arbusto trazido pelo vento para as dunas arenosas igualar-se ao carvalho ou à faia? A estirpe de Saxe germinara na gleba do Artois havia séculos. Os senhores de Vielle descendiam dos cruzados que, sob o comando de Roberto de Flandres, haviam ido à Terra Santa. O senhor Meugne, homem incrivelmente velho, cuidava do nosso duque Filipe, quando ainda era criança. Dizem que o senhor Meugne prestara serviços a João Sem Medo em sua luta contra os Armagnacs... Diante desses senhores, quem era Alberto senão um vagabundo italiano? Ele dominou entretanto Arras com a sua fé ardente e seus costumes exemplares, mas isso não significava nada para aqueles senhores orgulhosos que cederam a ele o poder, deixando para si a independência e a convicção da superioridade. E eu fui apenas um discípulo do reverendo padre, que amadurecia sob sua luz. Alguns diziam que eu era a melhor parte de Alberto ou até a sua consciência. Mesmo se fosse assim, como seria possível a consciência existir sem o homem, e a parte sem o todo? Eis por que sentei-me, como sempre, do lado esquerdo do padre, enquanto os demais sentaram longe.

A sessão naquele dia não durou muito. O prólogo é sempre curto, porém rico em conteúdo. Anuncia o que há de vir. Assim também foi naquele dia. O nosso reverendo padre levantou as sobrancelhas e disse:

— Não convém que eu censure senhores tão bem nascidos como o conde de Saxe, o senhor de Vielle e o senhor Meugne. E não faço isso. Mas não posso deixar de manifestar o meu espanto a respeito de que, justamente hoje, num dia tão solene, os mais nobres do nosso grêmio sentem-se longe, como se se sentissem ofendidos ou magoados. Isso deve ser desagradável para os homens simples e não me parece ser um ato verdadeiramente cristão...

O conde de Saxe então respondeu:

— Bom, padre Alberto. A idade do senhor Meugne o justifica plenamente. Ele não pode ficar numa corrente de ar. Quanto ao senhor de Vielle, ele sofre de varizes e muitas vezes precisa passear durante a sessão. Por isso, para não incomodar os outros, sentou-se ao lado.

E ficou calado. Ao que Alberto disse:

— Muito bem. Mas quais foram os vossos motivos, prezado de Saxe?

— Ah, isso não requer explicações — respondeu de Saxe. — Eu sempre me sento onde me dá vontade. É incrível como é temperamental a minha natureza. E sempre acabo sucumbindo a ela. Mesmo agora... Mais uma palavra sobre essa questão e a minha temperamental natureza picará o meu traseiro e, levantando-me, sairei para rua sem sequer reverenciar este ilustre Conselho...

Alberto pareceu-me muito zangado, mas não disse mais nada. Os plebeus receberam essa argumentação do senhor de Saxe de uma forma muito particular. Olharam para ele com respeito temeroso e, se naquele momento ele fizesse alguma exigência, não iriam recusar-lhe nada. Mas ele quis apenas preservar a sua orgulhosa singularidade.

Começou então o debate. Não demorou muito. Antes do meio-dia as causas foram encerradas ou, se alguém preferir, abertas para o futuro. Alberto falou de Celus:

— Não se pode afirmar com toda a certeza que foi ele quem jogou a praga à casa de Damasceno. Porém, é preciso que o Conselho saiba que, anos atrás, durante a grande peste, foi justamente Celus quem saiu da cidade em circunstâncias muito particulares. Ele afastou-se da cidade quase imediatamente depois das primeiras mortes. Alguns disseram que, ao sair pelo portão de São Gil, ele repetia palavras esquisitas e que, depois de passar a ponte levadiça, virou-se três vezes para a cidade fazendo sinais misteriosos. Insondáveis são os desígnios de Deus. Tínhamos sofrido muito, mas nenhum de nós blasfemava contra os céus por essa provação. Pois cada um entendia que a desgraça que Arras tinha sofrido fora obra de Satanás. Deus é poderoso, mas Satanás também é poderoso. Procuramos extirpar tudo o que pudesse favorecer as forças do mal na cidade. Mas seria uma blasfêmia pensar que Arras pertence exclusivamente a Deus. Ela é como um campo de batalha, um território pelo qual é travada uma luta entre o céu e o inferno. Deus tem aqui os seus aliados, com certeza... Mas será que o diabo não os tem também? Quem poderia ser em Arras o aliado e o mercenário de Satanás senão aqueles que não convivem com Deus nosso Senhor, não ouvem os ensinamentos da Santa Igreja e desprezam os sacramentos? Onde o diabo gosta mais de lançar a rede, senão no meio da prole farisaica? Enquanto em outras cidades do Brabante e de todo o principado os judeus são privados de quaisquer privilégios, aqui gozam de liberdade até maior do que nós mesmos. Porque respeitamos os mandamentos de Deus, enquanto eles nem dobram o pescoço diante das santíssimas relíquias. E mesmo assim, nos tempos da peste, o conde de Saxe distribuía a comida igualmente por cabeça, sem olhar para a origem. Não foram negados aos judeus nem comida nem assistência, nem mesmo um enterro digno. E vejam no que deu! Em Gand e em Utrecht, onde o pecado é mil vezes mais generalizado do que em Arras, não aconteceu nenhuma desgraça, enquanto nós chegamos ao fundo do poço. Qual será a razão? Será que estamos tolerando a presença de Satanás dentro das muralhas da nossa cidade e tratando-o com uma benevolência que tenha desagradado a Deus?! Tantos de nós morreram da peste e da fome, que não dávamos conta de cavar as sepulturas. E os judeus? Sim, eles também perderam uma pequena parte da sua gente. Mas foi bem diferente... Dizia-se que foi graças às suas superstições. Aninharam-se em casas à beira da cidade, do lado do portão oeste, separados pela guarda. E, quando lhes davam a comida, faziam estranhos sinais antes de decidirem comer. Como se pode ter certeza de que tudo isso não foi ordenado pelo diabo? Como se pode ter certeza de que eles não eram os enviados da peste e que Satanás não tinha decidido salvá-los para fazer de Arras a capital de sua corte? Imaginem só, todos da cidade morreram menos eles, aquele pequeno grupo dos aliados do inferno. Igrejas devastadas, cruzes quebradas, portões da cidade abertos para toda e qualquer depravação...

De repente, Farias de Saxe interrompeu essa torrente de palavras:

— Reverendo padre — disse muito alto —, não é justo culpar esses homens pela peste. Muitas vezes a peste chegou a cidades em que nunca tinha aparecido um judeu. Nada indica que tenham sido eles os responsáveis pelo que nos aconteceu...

Alberto acenou com a cabeça.

— Não digo que sejam culpados — respondeu suavemente.

— Digo apenas que cada um pode ser o instrumento de Deus e

cada um pode ser o instrumento de Satanás. Mas não seria mais fácil para o diabo dominar a alma judia e fazer dela a arma de perdição dos verdadeiros cristãos? Respondei, conde de Saxe.

Farias de Saxe ficou pensativo e calado um bom tempo, enfim disse:

— É verdade que o judeu, carecendo de ensinamento da Igreja de Deus, sucumbe com maior facilidade às tentações do inferno. Mas também o judeu foi criado por Deus nosso Pai, portanto ele merece um pouquinho da nossa confiança...

O padeiro Mehoune exclamou:

— Diziam que durante a peste tinham aparecido no portão oeste cães de três cabeças, vindos do inferno. Pegavam os cristãos que passavam por aí e os levavam para os banquetes dos judeus.

— Cães de três cabeças — intrometeu-se o tecelão Yvonnet — são servos do diabo. Todo mundo sabe.

O outro disse com a voz irritada:

— Não é possível que Deus tivesse castigado tão severamente a nossa Arras sem nenhum motivo. Certamente não foi por causa do céu, mas por causa das artes diabólicas. Alguém já viu no mundo homens piedosos cometendo tantas infâmias e injustiças como nós todos no ano da peste e da fome? Os bons cidadãos arrancavam as entranhas uns dos outros para se alimentar de carne fresca. Seriam capazes os nossos corações de fazer isso se não fosse a rede diabólica em que caiu a cidade?! A desgraçada infanticida, decapitada naquele tempo por ordem do nosso bom senhor Alberto, fora levada à loucura, algo incompreensível se não admitirmos a participação das forças impuras. Vede hoje... Será que algum de nós alimenta sentimentos de inveja, cólera ou desprezo ao outro? Somos homens bons, nos nossos corações habita Jesus Cristo. E naquele tempo? Cada um afiava uma faca para degolar o vizinho... O que poderia ter provocado isso tudo senão as artes diabólicas que dominaram a cidade por causa da maldição judaica...

— O que tu queres dizer? — perguntou Alberto.

— Senhor — disse aquele outro —, tomara que esta nossa condescendência não provoque de novo coisas terríveis. Uma vez já cedemos às vontades diabólicas. Vós dizeis que não foi provado que o judeu Celus foi quem jogou praga à casa do tecelão, do que resultou a morte de seu cavalo de raça. Mas três anos atrás também não se soube por que razão morria o nosso gado. Dizia-se então que fora um acidente ou um castigo de Deus. Castigo por quê? A cidade de Arras pecara? Não estava cheia de sentimentos piedosos e de temor a Deus? Naquele tempo ninguém sequer pensava que o gado pudesse ter ficado doente por causa das pragas judaicas. Tudo isso foi considerado obra do Criador, sinal do destino, incontestável sentença do céu. Estávamos rezando e recebendo com muita humildade as mais duras provações. Será que hoje também devemos agir assim? Será digno entregar a cidade à perdição só porque não podemos provar as práticas diabólicas de Celus?

Alberto retrucou:

— Aonde o meu amigo quer chegar? Fala abertamente!

— Senhor — disse ele —, não é digno entregar a cidade ao diabo. É preciso que a comunidade judaica responda por todos os males cometidos!

— Que a comunidade judaica responda! — gritaram os outros, e o mais alto foi o grito do padeiro Mehoune.

Então Alberto disse:

— E se não for obra dos judeus, vamos punir inocentes?

— Então Deus nos perdoará, porque agimos com a intenção de salvar as nossas almas... — respondeu o tecelão Yvonnet com voz grave.

Alberto olhou em volta e fixou o olhar em mim.

— João, meu caro amigo — disse —, qual é a tua opinião?

— Bom padre Alberto — respondi —, Yvonnet tem razão. Há algo mais importante para um cristão do que a luta pela salvação? Se nós errarmos, Deus contará isso em nosso proveito,

UMA MISSA PARA A CIDADE DE ARRAS

porque as intenções, as temos nobres. E não somos livres de dúvidas... É o que prova a nossa humildade.

Ao ouvir as minhas palavras, de Saxe, de Vielle e o senhor Meugne levantaram-se e saíram da sala.

— Que saiam — disse Alberto. — São senhores tão grandes que eles mesmos, sem ajuda do Conselho, podem cuidar da sua salvação.

Na manhã do dia seguinte, a cidade de Arras foi acertar as contas com a comunidade judaica. O dia nasceu nebuloso e sombrio, o que nessa época do ano não deveria surpreender. Porém, a neblina fez com que as pessoas fossem ainda mais propensas a procurar uma relação com o tempo da peste. Como já disse, naquele ano as neblinas cobriam a cidade o tempo todo, os dias eram quentes e à noite, nos poços rasos, a água congelava. Mas a peste havia estourado na primavera, enquanto agora era outono, e o que outrora podia parecer estranho, nesse momento deveria ser tratado como algo normal. No fundo, a natureza humana é bastante simples. Ela procura sem parar, angustiada, sinais que possam servir de apoio à consciência. Afinal, o que é toda a nossa vida senão um desejo de justificar cada um de nossos atos? Portanto, uma vez que a cidade chegou à conclusão de que era preciso pôr fim à conspiração judaica e assim salvá-la de Satanás, cada um procurava à sua volta um apoio, uma ajuda, um princípio ordenador. E já não se dirigia aos templos do Senhor, como se pressentisse que, na fé, não iria encontrar as justificações. A fé continuava nos corações, mas, de repente, ficou quase inaudível diante de tão ruidosa necessidade de justiça e de ação. O sol sobre Arras estava pálido e frio, como se coberto por um lenço. As nuvens esfarrapadas flutuavam baixo, e poderia parecer que os bandos das enormes e inimigas aves estivessem vindo em nossa direção. Mandaram tocar os sinos das igrejas, e o seu barulho encheu toda a cidade. Mas nesse dia até os sinos tocaram diferente. Por exemplo, o sino de São Fiacre, cujo som soava sempre limpo e nobre, tocava agora de forma estridente e surda, como se estivesse enfrentando alguma resistência. Os sineiros contaram depois que, com o primeiro toque do badalo, saiu voando do cálice do sino um bando de gralhas pretas e, logo depois, caíam os corpos das aves mortas. Era um sinal bem claro de que forças obscuras queriam calar o sino de São Fiacre.

Antes do meio-dia, o judeu Icchak ardia como uma tocha. Vieram buscá-lo homens de diferentes estados, tranqüilos e determinados. Não houve gritos nem ameaças. Contaram-me depois que a comunidade judaica entregou humildemente o seu mensageiro. E ele foi com uma multidão à praça do pelourinho sem qualquer resistência. Trouxeram lenha e puseram junto à coluna. Amarraram Icchak na coluna com cuidado para que não sofresse desnecessariamente. Amarraram-lhe o pescoço, mas sem apertar muito, depois o peito e os braços e, enfim, os joelhos. Quando acenderam a fogueira, a multidão ficou calada, o que não era costume. Cada qual estava emocionado acreditando ser testemunha de um momento extraordinário em que o diabo, privado da sua forma carnal, teria de voltar para os infernos. Ouvia-se uma voz no meio das chamas. Uns diziam que reconheceram a voz do diabo, outros duvidavam. Quanto a mim, penso que foi o próprio judeu que gritava de sofrimento na hora de agonia. Quando se apagou a fogueira, vieram olhar o corpo. Era de fato uma coisa rara. O judeu parecia quase não tocado pelas chamas. Apenas os seus sapatos estavam completamente queimados, sua roupa, que antes era preta, ficara ruiva e desbotada, enquanto a barba e os cabelos sumiram por completo, virando cinzas. Mas no corpo não havia sinais do fogo, apenas estranhas manchas pretas, como se de dentro daquele homem algo houvesse saído. A pele rachou em alguns lugares, diziam então que o diabo que estava dentro do judeu dera chifradas em seu peito, mas, não tendo força suficiente, não conseguira escapar, indo para o inferno...

Em nome do Pai, do Filho e do Espírito Santo. Amém. Não acredito nessas histórias. Naquele dia, confesso, fiquei disposto

UMA MISSA PARA A CIDADE DE ARRAS

a acreditar. Mas depois aconteceram tantas coisas humanas, nas quais nem Deus nem Satanás tiveram com certeza participação alguma, que hoje não vejo mais Icchak como quem tivesse algo em comum com o inferno. Se eu fui enganado, Deus perdoará o meu pecado... Como foi terrível a noite que veio após esse dia. O sol se pôs subitamente, todo o céu parecia banhado de sangue. O vento forte e quente trouxe nuvens negras. Ao entardecer a multidão continuava ocupando as ruas. O brilho das tochas aparecia nos rostos das pessoas, que sobressaíam na escuridão feito manchas brancas e móveis. Parecia que essa seria a noite da decisão. Os sinos tocavam sem parar, como em tempo de guerra ou de peste, anunciando o perigo. Da igreja de São Gil saiu uma procissão cantando, precedida por grupos de flageladores soltando gritos terríveis. Homens e mulheres estavam despidos até a cintura. Em suas costas escorria sangue. Os que iam atrás flagelavam aqueles que estavam à frente. As correias trançadas zuniam no ar. Quem caía recebia chicotadas até se levantar e seguir caminho. A procissão pisava a terra molhada de sangue, em meio a palha avermelhada, a lama e a pedras. O judeu Icchak continuava na praça do pelourinho junto à coluna.

Parei nos degraus da igreja olhando estarrecido esse espetáculo. De repente, ouvi uma conversa de dois homens que pararam a meu lado, na sombra do átrio da igreja. Um deles disse:

— Mateus, meu bom vizinho, não me agrada o que estamos fazendo. Não sei se podemos matar em nome de Deus...

— Cala-te! — cortou o outro. — Quem duvida assim não pode ser meu bom vizinho...

Então retrucou o primeiro:

— Como é isso, Mateus... O Senhor Jesus sofreu na cruz por todos nós. E ao morrer em suplício disse: "Pai, perdoai-lhes, porque não sabem o que fazem!" Se o próprio Deus pronunciou essas palavras, poderá o homem condenar assim, sem piedade, outro homem?

O outro, chamado Mateus, respondeu com desprezo:

— Deus faz o que lhe apetece. O homem é outra coisa. É preciso limpar a cidade de Arras de tudo o que é do demônio. O que é que temos de mais valioso, além do céu, senão a nossa cidade?

Aquele que tinha dúvidas ficou calado um bom tempo, e depois disse:

— Parece-me que tu tens razão, Mateus. E não me reproves pelo que disse. Fico contente que tu me censures. Não direi mais nada.

Ao que o outro respondeu, ufano:

— Nem pensarás?

— É óbvio que não, Mateus, nem pensarei. Me dá vontade de cuspir na panela judaica.

E os dois afastaram-se animados.

Não sei explicar por que fui atrás deles. Atravessaram a praça abrindo caminho em meio à multidão e seguiram em direção ao portão oeste, onde se situa o bairro dos judeus. Não eram os únicos. Apesar da escuridão, havia muita gente reunida em silêncio, em torno das casas. As portas estavam bem fechadas, de dentro não se ouvia nada, como se aqueles temessem acordar a desgraça. De repente, o homem censurado por Mateus exclamou em voz alta:

— Onde está o chefe da comunidade judaica? Que saia para falar com os cidadãos da boa cidade de Arras!

Respondeu-lhe o silêncio. Exclamou ele então de novo, e os outros o seguiram gritando. Isso foi melhor do que o silêncio. Alguma coisa começou a acontecer, como se as pessoas acordassem sentindo que tinham pernas, braços, cabeças, ombros... Alguns foram rua adentro, iluminando o caminho com tochas que emitiam um som desagradável, expelindo centelhas que se apagavam nas poças. De repente, um feixe de palha de ervilha pegou fogo, e as chamas subiram iluminando a rua toda.

— Diabo, diabo!! — gritou alguém da multidão.

Por um momento as cabeças recuaram assustadas, mas logo depois, como se uma onda do mar rompesse a barreira, seguiram em frente.

— Chefe da comunidade judaica! — exclamavam. — Onde está o chefe da comunidade judaica?!

As casas judaicas se calaram de medo. Nenhum ruído emanava delas. E eis que de repente, quando por um momento se fez silêncio no meio da multidão ondeante, chegou aos nossos ouvidos o eco dos cascos de um cavalo na pedra. Na luz do fogo que disparava ao alto, vimos um cavaleiro de poncho escuro montando um cavalo baio que saiu do cercado e foi galopando em direção ao portão oeste. Alguns cidadãos cortaram-lhe o caminho. Pegaram o cavalo pelo freio, penduraram-se no seu pescoço. Outros tiraram o cavaleiro do cavalo e o jogaram no chão. Arrastaram-no sobre a palha ao longo da rua, dando-lhe socos.

— Quis fugir da cidade! — gritaram. — Eis o fujão, que quis entregar a boa cidade de Arras ao diabo...

O judeu não dizia nada. Quando o trouxeram até a praça, já não dava sinais de vida. Mesmo assim o seu corpo foi amarrado na coluna, ombro a ombro com Icchak, e a fogueira foi acesa de novo. Quando as chamas dispararam ao alto, todos ainda gritavam:

— Eis o aliado de Satanás, que quis abrir os portões de Arras para toda a depravação...

Os cidadãos invadiram à força as casas dos judeus do lado do portão oeste. Um indescritível lamento subiu ao céu onde brilhavam estrelas sonolentas. Fui embora para a igreja de São Gil. Ali, numa nave lateral bem escura, onde não havia ninguém, ajoelhei-me na pedra e rezei fervorosamente.

Em nome do Pai, do Filho e do Espírito Santo. Amém. Senhores! Prestai atenção ao que agora irei vos falar. Em Bruges sou um refugiado do outro mundo. A vossa cidade é considerada o exemplo de todas as virtudes, mesmo que, como vós mesmos dizeis, haja aqui menos amor e temor a Deus do que mercadorias à venda. Vós pertenceis a uma espécie humana singular, que passa dias e noites nos escritórios escuros ou entre os navios rangentes no porto cheio de riquezas. Vós vos relacionais com um mundo tão vasto que os homens da Borgonha nem imaginam. As vossas mesas estão cheias de especiarias, flores e frutas que certamente iriam provocar medo nos corações dos cidadãos do meu vasto ducado. Vós partis para longas expedições e conheceis os habitantes de toda a terra, homens de pele marrom, amarela, preta e azul. Tivestes a oportunidade de ver tantas maravilhas e tantos horrores que a fé no diabo não habita os vossos corações. Pertencemos a mundos diferentes. Quando vim aqui e, pelo portão que me foi aberto, entrei nesta cidade tão hospitaleira, os meus primeiros passos dirigi às relíquias de Santa Úrsula. E fui eu — coisa estranha! — o único homem que em muitos anos rezou junto a esse santo altar. Bruges é uma cidade muito respeitada e me inclino diante de sua sabedoria, espírito empreendedor e riqueza, mas acreditai: nunca vamos nos entender até o fim! Enquanto eu fui educado pelos prados suculentos do Brabante e ensinamentos da santa Igreja, vós navegáveis por mares longínquos. Enquanto eu jejuava e fazia penitência, vós descrevíeis as suas aventuras em ilhas afortunadas, nos países dos tufões ou nos confins da terra dos califas. Enquanto eu me mantinha fiel ao lado dos duques, vós ousastes ofendê-los. Estou grato a vós pelo abrigo e encaro com humildade o fato de que, a partir de agora, vou viver na mais maravilhosa cidade do mundo. Porém, tenho um tesouro que não vos foi dado. Ouvi a voz de Deus e a voz de Satanás. Convivi com o céu e o inferno. Experimentei na própria carne o que é a luta pela salvação da alma. Passei tantos sofrimentos, tantos altos e baixos, que não sois capazes de imaginar o que pode caber no meu coração.

Senhores! Não vos quero tirar as ilusões, mas em verdade vos digo, não é livre aquele que o é, mas quem deseja ser. Bruges é uma cidade grande e rica, mas Deus a poupou da degradação, portanto não pôde alcançar o sublime. Vós confiastes em mapas, navios e capitães. É uma confiança boa, mas não leva à salvação. Ouvi dizer que em Bruges se desmembram os corpos dos mortos para descobrir o que há dentro do homem. Nós, em Arras, fizemos o mesmo, mas com outra finalidade. Fomos levados pela fome e não pela curiosidade. E, justamente por isso, sabemos mil vezes mais sobre o homem do que vós!

Prestai atenção ao que vou dizer. Será útil também para vós, se não hoje, amanhã, se não amanhã, depois de amanhã... Naquela noite em que ressoavam em Arras os tumultos de uma grande carnificina, eu conversei com Deus e com o diabo. Numa luz pálida de tochas e de lamparinas, sozinho e condenado, falei com os dois.

Ao longo de muitos anos, o reverendo Alberto repetiu que devia ser grato à cidade de Arras por ter me levado ao apogeu do sucesso. Se não fosse ela, eu seria um medíocre cortesão de Davi ou iria envelhecer em alguma lucrativa abadia. Arras me fez um co-governador de todos os homens, animais, plantas, mercadorias e propriedades que se encontravam dentro das suas muralhas. Em contrapartida, exigia tão pouco... Que respeitasse as leis e guardasse os privilégios. De fato era um preço baixo por uma vida tão bela.

Meus bons senhores! Agora ouvi bem... O que é uma cidade para vós? O que ela é em vossos sonhos? Quando sonhais com Bruges, ela aparece com a chiada de cordas dos navios, com o cheiro das algas e dos peixes. Sobre os seus telhados voam as gaivotas ágeis, e tudo em volta está em movimento e algazarra de buscas intermináveis. Bruges é como uma ave, enquanto Arras parece uma árvore. Cada um dos homens daquele lugar sente dentro de si a raiz da árvore, assim como cada um deste outro sente em si a leveza e a liberdade de uma ave migratória.

Naquela noite, na igreja de São Gil, atormentava-me a pergunta: como é a minha cidade? Desejava ver Arras em todo o esplendor de suas virtudes e de seus pecados. Chegavam aos meus ouvidos vozes da carnificina e estremecia de medo e de humilhação. Eis a tua cidade, dizia a mim mesmo, mas acreditai, foi o próprio Deus quem falou. E logo ouvi o diabo.

— Não há outra cidade — dizia ele — a não ser aquela cujo nome é Verdade.

— O que é verdade? — perguntava eu angustiado.

Então ouvi de novo a voz de Deus:

— Mandei Abraão sair de Ur e abandonar a sua cidade para que ele não tivesse desejo além do desejo de Deus. Arranquei as raízes de Abraão da sua própria terra para que ele não tivesse terra além da terra de Deus.

O que isso quer dizer? — pensava eu, batendo com a testa nas pedras frias do pavimento. E então ouvi o cochicho do diabo:

— João! Vai morar na cidade cujo nome é João.

As tochas apagavam-se aos poucos, o cheiro de alcatrão invadia a igreja toda. Fiquei na escuridão, somente uma pequena lamparina do altar lançava uma luz cintilante. Tive medo de morrer logo e afundar naquela escuridão sem encontrar respostas às perguntas que me atormentavam. O que seria então? Para aonde iria a minha alma? A estrada que leva ao céu começa fora das muralhas de Arras ou aqui, no meio dos gritos dos meus concidadãos, na luz da fogueira a se apagar, no tumulto e no relincho dos cavalos assustados, nos cochichos febris de oração e nos gemidos dos flageladores à porta da igreja?

Ah, eu sabia que os cidadãos de Arras faziam o mal e que se deixavam levar por instintos selvagens. Contudo, participei do seu desespero e da sua purificação. Poderia colocar as minhas verdades acima da vontade de Arras? Pensei que me doía terrivelmente essa noite interminável, e esse pensamento me trouxe alívio. Sofria as carências da cidade e ao mesmo tempo era muito ligado a ela.

Não sejam severos demais ao me julgar. Sou um homem suficientemente sensato para não aceitar a gratidão. Não amei Arras por ela ter me vestido, abeberado e alimentado, entregando em minhas mãos uma porção enorme de poder, mas porque era um lugar tão infeliz. Se estamos com a cidade em vigília, é preciso também, com ela, experimentar os sonhos. A culpa não foi de Arras, mas de Deus!

— Jesus Cristo! — exclamava, e as lágrimas corriam-me dos olhos. — Poupai esta cidade. Não a deixais sofrer a tremenda angústia de quem faz justiça, porque não há coisa mais terrível do que julgar. Deixai a cidade tecer tapeçarias como antigamente, criar gado e acreditar na salvação. Se eles entrarem naquela rua em que as fogueiras estão sendo acesas, o fogo queimará todos, porque a busca de justificações é um desejo mais poderoso do que o desejo por mulher. Cristo, guardai a cidade de Arras... a não ser que queirais sacrificá-la em nome de vossa repugnância à espécie humana. Mas nesse caso não haverá povos, cidades e países mil vezes mais depravados?

Pareceu-me então que Deus falava com a voz muito baixa e suave, como se dissesse a uma criança dengosa e boba:

— Tens certeza de que Sodoma era depravada? Vivia nela Ló, um homem justo...

Não, dizia a mim mesmo, poderia ser o diabo quem estava falando ao meu coração. Não serei o Ló desta Sodoma. Tenho força suficiente para carregar Arras, mas não para carregar Deus.

Foi justamente naquele momento que alguns homens entraram na igreja. Entre eles havia o tecelão Yvonnet.

— Eis o senhor João! — exclamou, vendo-me ajoelhado.

— Como assim?... A cidade treme nos seus alicerces e vós vos escondeis na igreja? O bom padre Alberto está julgando o chefe da comunidade judaica. É preciso que o senhor também acrescente a sua pedrinha...

Fui então com eles ao paço da cidade. O senhor de Saxe não estava ali, nem o senhor de Vielle, nem o senhor Meugne. Os outros estavam sentados fazendo o julgamento do chefe da comunidade judaica. Quando chegou a minha vez de dizer o que achava, respondi, com a voz firme, que ele era culpado.

E não pequei. A virtude da fidelidade não pode prejudicar a salvação.

Mas voltemos ao assunto. Devo falar aqui não sobre mim mesmo, mas sobre a cidade de Arras e seus cidadãos.

Já estava clareando quando foi pronunciada a sentença. Saí na praça e encontrei o mordomo do senhor de Saxe, que me aguardava. Ele disse em voz baixa:

— O conde de Saxe quer conversar com o senhor.

— O que aconteceu? — perguntei.

— Isso eu não sei.

Fomos, então, juntos. Havia gente vagando pelas ruas. Um ou outro, após o esforço terrível da noite, adormeceu sob o beiral do telhado, no saguão ou na escada da igreja. Do portão oeste vinha um cheiro de queimado. Foram incendiadas ali algumas casas. Ao caminhar tropecei em dois cadáveres, despidos e bem machucados. O mordomo fechou os olhos, no seu rosto gordo avistei uma expressão de nojo e de medo. Logo que chegamos ao lugar, o mordomo sumiu. Farias de Saxe esperava no jardim. A sua propriedade era protegida por um muro alto. Reinava silêncio, e o ar, tão denso naquele dia, parecia suave e imbuído de aroma.

— Vai procurar o bispo Davi — disse Farias enquanto passeávamos numa trilha no meio de arbustos cerrados. — Isso tudo não pode continuar assim sem que ele saiba...

— A cidade não quer que o bispo venha — respondi.

Olhou-me de esguelha, muito aflito.

— João — disse ele de novo —, vai a Gand. De qualquer maneira, trata-se de bruxaria. Sem um guia espiritual, a cidade não pode sentenciar.

— Amigo de Saxe — disse suavemente —, temos aqui as nossas leis e os nosso privilégios, e não convém entregá-los à ganância do bispo.

— Se se tratasse dos pomares, do gado ou do trigo, terias razão, João. Mas trata-se de almas humanas. Ninguém deu à cidade o privilégio de julgar pela bruxaria ou pela heresia...

82

UMA MISSA PARA A CIDADE DE ARRAS

Fiquei calado e ele continuou.

— Te chamei, pois quem poderia ser o melhor enviado para Davi? O bispo só escutará a ti. E sei também que falarás abertamente o que pensas sobre toda essa infâmia. Já não sou jovem e compreendo como é dura a luta que é travada no teu coração. Tu deves muito à cidade. Mas pensa... Deus é o nosso Pai; e a santa Igreja, a nossa mãe. A mãe deveria ser particularmente benévola para com os seus filhos; porém, parece mais cruel do que o próprio Pai. Podemos deixar que isso aconteça? Soube que muitas pessoas foram mortas hoje à noite e as casas dos judeus incendiadas. É verdade que eles nos são estranhos. É verdade que há mais mal neles do que nos corações cristãos. Mas não te juntes aos adeptos da violência. Eis o que te digo!

Então eu disse:

— Farias, se assim acontece em Arras é porque assim deve acontecer. Porque é o próprio Deus quem dirige os nossos atos...

— Não — exclamou com cólera e desespero. — Ele nos deu a razão, a vontade e o temor. Pergunta a Deus, João, e Ele responderá que tu podes ficar na cidade e juntar-se a eles, mas podes também falar com Davi. E a escolha será tua...

— A esperança está em Deus — respondi em voz baixa.

Farias de Saxe tirou uma faca e começou a cortar os vimes do amieiro. A seiva viscosa escorria em suas mãos, pingando no chão.

— Tu não és o primeiro, João, nem o último... — disse ele. — É assim que as coisas são neste mundo. Ouvi falar de uma mulher chamada Margarida, que viveu em tempos passados, e que estava convencida de que a sua alma fora completamente absorvida por Deus. Já não podia pecar mais, pois o próprio Deus dirigia os seus atos. Parece que foi uma mulher muito honesta, mas foi queimada como uma herege. Havia também outros. Esses diziam que se aniquilaram em Deus a ponto de que cada gesto, cada passo e cada palavra deles resultava da vontade divina. Quando bebiam, Deus bebia com suas bocas.

83

Quando estupravam, Deus dirigia a desenvoltura de suas vergonhas. Quando matavam, Deus levantava as suas espadas para o golpe. Dize então se pode haver mais doce aniquilamento do que esse? O homem satisfaz todos os seus caprichos e continua puro como criança, porque é apenas um instrumento das mãos de Deus. Tu dizes que toda essa depravação acontece em Arras pela vontade do céu. Que Deus então se preocupe com o sangue derramado e perdoe a si mesmo esses pecados... Como eu te invejo! Porque a mim, me aflige todo grito que vem da rua. Tu achas mesmo que alguma coisa acontece fora de ti?

— Estou nas mãos de Deus! — respondi severo.

Olhou para mim e continuava cortando os vimes do amieiro.

— Mas também Ele está na tua mão, João, pois assim como desejas a graça d'Ele, Ele deseja a tua salvação...

— Tu falas como um herege!! — exclamei horrorizado.

Olhou para mim de novo, um pouco com cautela, um pouco com pena. Disse:

— O Deus que tu vês tem boca de lobo e presas afiadas como faca. Ele está te devorando, e tu és apenas carne para as suas maxilas esfomeadas. Arras toda é assim. Entrega-se à depravação, mas permanece inocente, pois justamente naquilo vê o seu aniquilamento. Não significamos nada, dizem uns aos outros nas ruas, porque somos apenas vermes miseráveis, um brinquedo da vontade divina. E, desse modo, colocais todos os vossos pecados nos ombros de Deus. Como é fácil, João! Mais um pouco e nada restará em vós, porque tudo cedereis a Deus.

Saí sem dizer uma palavra. Quando me virei, ele estava olhando para mim de longe, sozinho naquele jardim.

O dia parecia não ter fim. Ao meio-dia foi executado o chefe da comunidade judaica. As pessoas partiram de novo em direção ao portão oeste. Sentimos uma sede tremenda apoderando-se dos nossos corações insaciáveis. Em cada cidadão despertou um desejo de servir à cidade. De novo dispararam chamas em algumas moradias judaicas. Gritos, orações e pragas misturavam-se, e, acima de tudo, o som dos sinos embalava o ar.

Ao entardecer reuniu-se o Conselho. Alberto cumprimentou-nos acenando com a cabeça. Não o havia visto durante o dia inteiro, e agora ele me parecia estranhamente cansado e abatido, como se desde a madrugada houvessem passado anos. Mas nos seus olhos reparei um brilho. Ele disse então o seguinte:

— Prestai atenção, conselheiros, quero abrir-me diante de vós. Deve ser porque o dia de hoje é especial para Arras e nunca se repetirá. Sou um homem idoso. Vim a Arras de longe, do sul, não tanto pela necessidade do coração quanto obedecendo à ordem dos meus superiores. Quando pela primeira vez entrei pelo portão desta cidade, era muito jovem, e vós, que me ouvis, éreis crianças. E eis como passei a vida ensinando-vos as virtudes cristãs. Eu só quis uma coisa: que a cidade agradasse a Deus. Daqui a pouco vou morrer e me despedir desse mundo. Então hoje de manhã estava pensando no que tinha conseguido e no que não tinha conseguido. Seria a Arras de hoje melhor do que naquele dia em que aqui cheguei? Ganhastes alguma coisa com os meus ensinamentos e meu humilde exemplo? Talvez se possa dizer que enxertei em vós a fé em Deus e em seus santos. Sob a minha proteção vós estáveis abrindo o vosso estreito caminho para o céu. É um caminho sinuoso, pedregoso e íngreme, difícil de seguir. Acontece, às vezes, de a pessoa parar no acostamento, olhar para baixo e para cima e ficar estarrecida por ter avançado tão pouco. E então quer voltar. Porque em baixo é mais fácil viver do que em cima. Ali pode-se satisfazer qualquer vontade, enquanto durante a escalada é preciso pensar só em uma coisa: não cair e não despedaçar-se lá no fundo. Eu vos digo que o mundo inteiro conjurou-se contra a nossa cidade porque está com inveja da nossa comunhão com Deus e de todas as experiências que nos foram dadas. E por isso, quando os carros que levam a seda para Lille ou Calais voltam vazios aos portões de Arras, as pessoas muitas vezes resmungam.

A vida no vasto mundo lhes parece cheia de diversões e tentações fáceis de alcançar. Enquanto em Arras os espera de novo a luta contumaz pela salvação. Alguns então dizem: "Para que servem os ensinamentos do bom padre Alberto, se temos só uma vida. Os outros aproveitam a vida à vontade, mas na hora da morte arrependem-se dos pecados e fecham os olhos com a esperança de que Deus lhes perdoe." Assim dizem alguns cidadãos. E não percebem que o diabo fala pelas suas bocas... Ontem julgamos o povo judaico. E o que vejo? Os cidadãos chegaram à conclusão de que vão se servir da comunidade judaica, que os judeus pagarão as dívidas que a cidade de Arras contraiu no céu... É impossível inventar algo mais estúpido e disparatado... Pois onde está o mal que corrói a cidade? O padeiro Mehoune argumentou que está nos judeus. E eu não digo que não. Mas dize, Mehoune, meu caro irmão, se arrancando o mal judaico, arrancamos também aquelas suas raízes que se encravaram nas almas cristãs? Convém esconder-se atrás do judeu perante o Senhor? Não seria uma tentativa de fraude ou um jogo de dados com Jesus Cristo? Alguns dos nossos cidadãos acham que podem esconder-se atrás dos cadáveres judaicos e que ali o olho da Providência os não enxergará... Coitados! Incendiando as casas dos judeus, iludem-se pensando que esse fogo, como o do purgatório, branqueará as suas almas. Levados pelo medo, querem a qualquer preço fugir do julgamento. Aqueles que são culpados perseguem com mais ferocidade ainda o povo que mora do lado do portão oeste. Ah, como eles queriam afogar em sangue judaico os seus próprios pecados. Mas Deus não perdoa os pecados confessados, somente os pecados reparados. Ele não se satisfaz com a palavra, mas exige ações. Cercamos Arras com um muro de cadáveres de judeus e nos parece que estamos seguros. No entanto, estamos expostos a um golpe que o mundo até agora nem imaginava... Veio Gervásio Damasceno e disse que o judeu Celus tinha rogado praga à sua casa. Pode ser que sim, pode ser que não... Onde foi escrito que Deus não pode castigar o homem tirando-lhe o cavalo? Não estou dizendo que Celus foi inocente. Só quero dizer que a sua praga foi perfeitamente dispensável. Porque Deus não precisa da ajuda de um judeu quando quer fazer justiça. Arras não era uma cidade boa quando fomos atingidos pela peste. Aconteciam aqui coisas horrorosas. Dizia-se no Conselho que em Gand, Breda, e talvez até em Paris, os pecados costumavam ser mais graves e hediondos, mas fomos nós que sofremos a peste. Mas será que o Conselho tem o direito de julgar os pecados dos outros? Talvez Deus quisesse aniquilar o Brabante e todos os outros países do ducado para salvar apenas uma aldeia, como já fez outrora com a arca de Noé. Melhor contarmos nossos próprios pecados e procurarmos nossos próprios valores. Já não vos lembrais quanta traição, quanta luxúria e estupidez havia em Arras? Não se dizia na cidade que o padeiro Mehoune misturava farinha com serradura, e que o tecelão Yvonnet abusava da viúva Placquet, que servia em sua casa? E será que os melhores de nós, como por exemplo o conde de Saxe, não mantiveram em suas casas mulheres inglesas de vida fácil e não se entregaram à devassidão? Até mesmo o meu discípulo mais querido deixava-se levar por instintos abomináveis à vista da cidade inteira! Que o Conselho então pondere as minhas palavras. Mas vos digo que é fácil arrepender-se dos pecados carregados nos pescoços judaicos, embora não ache que isso deva agradar a Deus.

Quando Alberto terminou, fez-se silêncio na sala. Já escurecera, dava para ver pelas janelas as casas em fogo, ao lado do portão oeste, nada mais... O padeiro Mehoune levantou-se do banco, a sua figura lançava uma enorme sombra na parede.

— Bom padre Alberto — diz o padeiro —, pequei muito, porque é verdade que punha serradura na farinha. Vou pagar cem missas na Santíssima Trindade e em cada dia de jejum açoitarei as minhas costas.

— Um bom cristão não escolhe a penitência para si próprio — respondeu Alberto.

Mehoune caiu de joelhos chorando alto.

— Não chores — disse o reverendo padre com a voz muito suave —, porque ainda não chegou a tua hora. Levanta, Mehoune, vamos continuar o nosso debate...

Então o padeiro levantou-se e sentou-se no seu lugar.

É incrível como ficaram vazias as nossas mentes naquela noite. Suponho que cada um carrega alguns pesos sem senti-lo em demasia. Mas chega um momento em que um cálamo de palha a mais colocado em seus ombros faz com que se curve, a sua respiração fique curta, o suor cubra-lhe os olhos, e todos os seus sentimentos se transformem num desejo animalesco de repouso. Só quer livrar-se da carga, repelir o jugo. Não lembramos naquele momento que é apenas um cálamo de palha que nos incomoda, mas nos parece que a terra toda, e até o céu inteiro, foram colocados sobre os nossos ombros. Cada um só procura angustiado onde poderia descarregar esse peso e, ao ver o seu vizinho, esmaga-o sem qualquer remorso!

Quando Mehoune se sentou, os outros o olharam com desprezo e hostilidade. Cada um estava com vontade de chorar, mas foi Mehoune quem o fez primeiro, graças ao que os outros recuperaram um pouco de calma. Ele os antecedeu com humildade, porém não lhe ficaram gratos, e sim gratos e zangados ao mesmo tempo. Eu estremeci porque havia me lembrado das palavras de Alberto sobre aquela moça inglesa de muitos anos atrás, quando eu fora incumbido de fazer o comentário sobre a obra de mestre Gerson. Olhei os rostos dos presentes, mas todos estavam contorcidos, como que imersos numa humilde oração. Os seus cochichos, trepidando como o fogo quando consome um galho seco, enchiam a sala. Naquele momento Deus tinha muito trabalho, ouvindo tantos pecados ao mesmo tempo. E como rezavam... Nunca vi tanta gente num êxtase semelhante. Era como se o convento inteiro de cartuxos aparecesse no paço da cidade... Conhecia bem essa gente! Melhor do que os meus garanhões e éguas. Ah, não era gente ruim não.

Nem pior do qualquer outra na Borgonha. Apenas se meteram entre o céu e o inferno, de repente, sem nenhuma preparação. Quem de nós não fez mal algum em sua vida? As pessoas geralmente sabem quando pecam. Mas poucas vezes lhes vem à mente que poderiam ser submetidas às provas de que falam as Escrituras. Aquelas coisas aconteceram em tempos muito remotos, ou talvez até nem tivessem acontecido. Isso não tem a menor importância. Deus ter se revelado desta ou daquela forma não é o que mais importa. A fé faz parte da natureza do homem, e não da de Deus. Deus não precisa acreditar em si mesmo, somos nós que Lhe devemos a fé! Portanto, também aquelas pessoas acreditavam piedosamente, o que não quer dizer que todos os dias elas fossem as mais fiéis ovelhas do rebanho do Senhor. Comportavam-se como costuma acontecer na vida. Sabiam que iam ter de pagar por seus atos, mas não podiam saber que isso iria acontecer justamente naquela noite, na sala do paço da cidade, sob as luzes dos incêndios a se apagarem. A Igreja nos ensina que não sabemos o dia nem a hora; mas, justamente por não sabermos, conseguimos manter a calma e um pouco de dignidade. Quando, de repente, nos surpreende uma hora dessas, sentimo-nos desamparados e enganados. E assim foi naquele dia. No silêncio do paço da cidade, eu só ouvia o sussurro das rezas e dos lamentos. Porque o diabo, se estivesse naquela hora no meio de nós, não faria barulho algum. Quem sabe no poncho de quem ele se teria escondido?

Inclinei-me para Alberto e disse:

— Padre, preciso sair!

Ele acenou com a cabeça. Então me levantei e fui beber água no poço do pátio. Estava frio e muito escuro. Bebi bastante, mergulhando a metade da cabeça num balde. De repente, senti um toque no braço. Virei-me devagar. Nada. Então continuei bebendo para apagar o fogo que me queimava as entranhas. Devia ser o medo de Alberto, do Conselho e de toda a cidade de Arras. Senti de novo um toque leve no braço. Larguei o balde que caiu, preso a uma corda hirta de cânhamo. No fundo do poço ouviu-se um barulho de água. Olho e não vejo nada, a não ser os contornos do muro do paço da cidade. De repente, um sussurro! Alguém fala no meu ouvido, mas são palavras estranhas, como que em outra língua, que nunca antes havia ouvido...

— Quem é?! — pergunto apavorado.

A voz de novo diz palavras esquisitas, que nem conseguiria repetir hoje. Palavras sem boca, fala sem homem, toque sem mão, parte sem todo. Alguma coisa bate no meu peito, como se fosse um soco. Saio correndo, todo banhado em suor. Sinto então no meu traseiro um pontapé, de um pé calçado. Era o diabo que corria atrás dando pontapés, até a porta da sala do Conselho... Entro na sala correndo, todos os olhares fixados em mim, devia ter o rosto pálido, cadavérico, e o olhar desatinado.

— Diabo no paço da cidade! — gritei com uma voz terrível e, quase exausto, consegui ainda trancar a porta da sala.

Todos puseram-se de joelhos, os cabelos ficaram eriçados. Até Alberto parecia inquieto. Aproximou-se da porta e a benzeu com o sinal-da-cruz. Ouvi-o resmungando consigo mesmo:

— Diabo no paço da cidade... Diabo no paço da cidade. Quem sabe?!

Em nome do Pai, do Filho e do Espírito Santo. Amém. Senhores! Mesmo agora, rememorando o momento em que bebi a água no pátio, arrepio-me. Sobre Bruges brilha o sol da primavera, vejo pela janela uma imensidão de água e um navio com as velas largadas. Os vossos rostos são calmos e nobres, no café da manhã tivemos um patê delicioso de peru e um pernil de cordeiro. Tudo em volta parece repousar em fartura e em segurança. Mesmo assim, sinto sede neste momento, e vos peço, dai-me um copo de água, para que possa molhar a garganta lavando os medos do passado... Senhores! Se alguém me perguntar se eu vi o diabo, direi "não". Mas, se alguém perguntar se eu o ouvi e se senti o seu toque, direi "sim", porque ainda agora me dói o traseiro.

Ah, isso não quer dizer que eu ache que tudo o que aconteceu em Arras no outono passado foi obra das forças impuras. Mas o diabo andava por ali sempre, avivava o fogo das fogueiras, perturbava os nossos pensamentos e nos empurrava para o abismo. Mesmo sem ele, nós iríamos chegar ao fundo, mas talvez não tão rápido...

Voltando ao nosso assunto, naquela noite o Conselho exigiu que Alberto prendesse Farias de Saxe. O padre resistiu muito.

— É o mais nobre senhor de Arras! — repetia ele obstinadamente.

Mas o Conselho não quis ceder. O tecelão Yvonnet argumentava que no ano da peste o conde de Saxe cometera atos maus e cruéis. Devia ter conspirado com os judeus, já que os tinha alimentando tão bem, enquanto os outros não tinham o que pôr na boca. Ao que Alberto retrucou:

— Deixai em paz os judeus! Pagaram o que tiveram que pagar. Se o nosso mal e a nossa desgraça tivessem origem apenas em semente judaica, a cidade de Arras seria mil vezes mais feliz. Infelizmente não é assim! Procurai então os pecados nos vossos próprios corações. Os judeus, deixai-os em paz!

Não foi difícil provar que de Saxe era um pecador empedernido. Não era ele quem, ao longo de todos esses anos, troçava dos ensinamentos do reverendo padre? Revelou-se que ele trouxera um médico de Worms, e durante as noites, à luz de velas, os dois cortavam cadáveres. Farias de Saxe pegava lagartos nas colinas entre Arras e Lille, esfolava-os e examinava seus intestinos. Pegava também pássaros. Diziam — e não foi sem razão — que, durante a peste, ao dividir uma vez a carne de um cavalo morto, deixara o coração para si. E não havia sido para comê-lo, mas para examiná-lo, pesá-lo, cortá-lo e admirá-lo. Todos sabiam que Farias de Saxe se enchia de tédio em Arras e mandava rezar missa em seus aposentos de noite, porque de dia caçava com falcões. Confessava com muita preguiça e, às vezes, chegava a cochilar, e o padre tinha de cutucá-lo para que fizesse a penitência dos pecados. E, quando recebia a sagrada comunhão, estremecia com o corpo todo e bocejava demoradamente... Foi provado sem a sombra de uma dúvida que mantinha em sua casa meretrizes e que todas as noites chamava alguma delas, como um califa árabe. Mas o mais grave era que não respeitava o Conselho, que nas suas sessões se comportava como um grande senhor e desprezava os ensinamentos do reverendo padre. A maior prova disso fora ele próprio quem a dera quando, nos últimos tempos, os homens simples ocuparam lugares no Conselho e ele os menosprezara e se recusara a deliberar com eles. Eu até acho, nobres senhores, que o conde de Saxe tinha razão, mas não deveria tão abertamente expor seus pensamentos à plebe.

Finalmente Alberto cedeu. Acenou com a cabeça e disse em voz baixa:

— Sendo essa a vontade do Conselho, eu me junto a ele com toda a humildade. Vamos julgar o conde de Saxe, o que talvez nos possa trazer as graças do céu. Porque mais uma vez vos digo, meus queridos concidadãos: não pode ser puro quem viveu tudo isso. A absolvição é dada apenas aos que não foram provados e que não sabem. O tempo da fome e da peste manchou as nossas almas. Talvez precisássemos queimar toda a cidade de Arras no fogo dos sofrimentos, para que voltasse a ser como era antes. Cada passo nos afastava do caminho certo e cada vez mais nos afundávamos na lama. Precisamos hoje de uma fé de criança para que possamos reencontrar os caminhos da virtude. Antes de a peste vir castigar a cidade, mais cuidava-se aqui de belos tecidos e de seda, de cavalos e de pomares, de ducados e de barris de vinho, do que da salvação. A peste nos abriu os olhos para o que verdadeiramente importa ao homem. Mas, quando passou, o pecado veio de novo se instalar dentro dos muros de Arras. De novo regateavam-se os panos e o linho, os cavalos e as vacas, e carros cheios de mercadoria seguiam rumo a Calais. O desejo de vasos ornamentados e pratos sutis, de cavalos velozes e vacas leiteiras consumia a cidade. Não se falava a não ser de falcões, sapatos e chapéus. Somente uns poucos mais corajosos ousavam falar da necessidade de Deus. As pessoas caíram tão baixo na sua cobiça, que até os mais ilustres cometiam atos vis. Um dos moradores de Arras fez um pacto com bandidos. Cumprindo suas ordens, bandidos roubavam nossas mercadorias, escondendo-se no meio dos outeiros à margem da estrada de Lille. Foram os mesmos que durante a peste vinham perto das muralhas para saquear os alimentos.

— Reverendíssimo padre! — exclamou o padeiro Mehoune. — Quem foi o homem que contratava os bandidos?!

— Isso eu não direi — respondeu Alberto.

Então os conselheiros começaram a queixar-se de que o padre não confiava neles, ficaram de novo de joelhos, e as suas rezas barulhentas batiam no teto. Por fim, Alberto disse muito baixo, e aparentando grande esforço, que fora o conde de Saxe.

— Inferno! — gritou Yvonnet, e os outros o acompanharam.

— Sim — disse Alberto. — O inferno está em todos nós...

Pensei então, mas sem falar, que mil vezes pior do que o inferno que está dentro de nós é aquele que havíamos criado lá fora.

Senhores! Vós sabeis que o conde de Saxe foi queimado na fogueira, em Arras, no outono passado. Mas não sabeis como ele blasfemava antes de morrer e quais foram as conseqüências disso para a nossa cidade. Quando o conde foi preso nos porões do paço da cidade, apresentou-se perante o Conselho o seu mordomo, chamado Durance, de quem já falei antes, e disse que queria defender o seu senhor.

— Porque ele não tem culpa dos atos de que é acusado!

Aquele Durance sempre foi um homem estranho. Houve um tempo em que ele se comportou como o maior canalha. Ainda antes da peste, Durance fizera uma longa viagem de negócios até o vale do rio Ródano. Depois de voltar contou como havia levado até as calças dos homens dali. Defraudara a ponto de as queixas chegarem até o próprio duque Filipe, em Bruxelas. Conseguiu safar-se naquela época por ter a proteção do conde de Saxe, que estava nas boas graças do duque. Outra vez ficou famoso em todo o ducado por ter dado cem ducados para o convento dos cartuxos. Era um homem generoso, até mais do que parecia ser. Diziam que dava presentes às freiras de Bedford e que ele próprio as havia levado pelo mar numa barcaça alugada. Cuidava das viúvas e dos órfãos. Outra vez levou à miséria o seu devedor. Tinha o dom da fala bonita e de igualmente bonita postura. Era homem muito rico, talvez mais rico do que o próprio Farias de Saxe, mas servia a ele e, às vezes, até dava grãos aos cavalos dele, apesar de nunca ter feito isso com os seus próprios, pois tinha homens que cuidavam de seus cavalos e do estábulo. Às vezes vivia como um cristão exemplar, jejuava e rezava, outras participava de farras das quais falava toda a cidade. Mantinha em sua casa um padreco e duas concubinas. Diziam que uma vez ele passou a noite com o padreco e de manhã se confessou com aquelas mulheres. Ninguém sabia ao certo o que havia dentro daquele homem. As pessoas tinham um pouco de medo dele.

Quando chegou ao Conselho, parecia talhado em pedra. Falava com um enorme orgulho. Sabia que, ao defender o conde de Saxe, poderia dizer o que quisesse, portanto aproveitaria bem a oportunidade.

— O que quereis do nobre senhor de Saxe?! Das mãos de quem recebestes a comida, para vós e para vossos bastardos, durante a fome e a peste? Não dissestes àquela época que não haveria mais nobre e mais justo senhor em toda Arras?! Alberto! Ouve-me. Se hoje o destino nos submete a tão dura prova nas pessoas daqueles pobres judeus e do senhor de Saxe, e me parece que este não será o último, a culpa deve ser procurada antes em ti. Tu lembras o grito daquela mulher, a quem recusaste o consolo na hora da morte?! Se tu esqueceste, Deus te lembrará... Povo! A quem é que estais obedecendo? Olhai esse velho à mesa lá em cima. Vós o chamais "reverendo padre", e eu vos digo que é um bode fedorento, que tem nojo da vida e de toda a espécie humana. O que ele deseja? Enquanto nós nos alegramos com o sol e a chuva, com a flor e a folha, ele pensa só no alcatrão e no forcado do diabo. Ainda antes de a peste ter chegado, a cidade já sofria muito por causa dele. Aqui podia faltar grão, mas nunca faltou incenso. Podia faltar cânhamo, mas nunca faltaram casulas. Todas as vozes humanas da cidade se calaram. Só as orações disparavam ao céu. Muita fé, pouca razão. É isso que Deus quer? Somos os seus filhos, como Ele poderia então querer a nossa humilhação e a nossa miséria? Que este velho ranzinza vá embora da boa cidade de Arras. Devolvam o poder aos homens cultos, que sabem conciliar a fé com o bom senso. Senão o velho vos trará aqui o inferno, e não sobrará pedra sobre pedra em Arras!

Alberto escutou sem dizer nada. Quando Durance terminou, o padre disse apenas:

— Cidadãos. Decidi vós mesmos o que deveis fazer!

O Conselho mandou o mordomo embora. E já se sabia que ele seria o próximo a ser julgado.

Os plebeus do Conselho queriam que o senhor de Saxe se arrependesse dos pecados. Mas ele se recusou. Se ele não fosse assim... Ao anoitecer fui falar com ele e disse que, se confessasse as culpas e mostrasse arrependimento, o Conselho estaria disposto a condená-lo apenas ao desterro da cidade. Caso contrário, a fogueira seria acesa de novo. De Saxe riu amargamente.

— Escuta, João — disse-me naquele momento. — Sei o que quer a cidade hoje. Ela quer luta! As pessoas meteram na cabeça que, quando começar a luta, nela encontrarão a purificação. Perseguem e violentam uns aos outros para libertar-se do pesadelo que sufoca Arras. Mesmo que as suas intenções fossem nobres, eles já se deixaram prender numa rede do diabo. Se hoje eu lhes dissesse que pequei conspirando com os bandidos e blasfemando contra Deus, tornar-me-ia aliado de toda essa loucura. Melhor morrer do que ser cúmplice disso tudo. Não desejo martírio, mas sei que nada pior pode acontecer ao homem, nesta vida, do que confessar-se culpado de crimes não cometidos. Porque isso compromete os caminhos da virtude dos outros. Quem ama o homem e Deus não sucumbe a tais tentações diabólicas.

— Se não mostrares arrependimento, amanhã estarás morto! — disse eu com uma voz surda.

Olhou-me com atenção. Devia ter visto apenas o contorno do meu rosto porque na masmorra estava escuro.

— Sei — disse Farias de Saxe. — Mas já não sou jovem. Todos têm de morrer... Deus me perdoará, porque vê o meu coração. É puro, João...

— Amigo de Saxe — disse-lhe com fervor —, tu bem sabes quem és para mim. Alberto tenho por pai, e a ti sempre tive por irmão. Confia em mim. A tua morte não mudará a cidade, não dará frutos!

— Pode ser — respondeu em voz baixa. — Mas, se eu permanecer vivo, mudará muito. As pessoas chegarão à conclusão de que tiveram razão, e a imagem do pecado ficará retesada como uma corda de arco armado. Mas a mente humana não é uma corda de arco e não convém retesá-la assim. Se ela se romper, Arras entrará em estado de loucura. É uma cidade boa, João, e merece um destino melhor. Não quero ser o carrasco desta cidade. Antes seja ela o meu carrasco.

E continuou falando assim. Não era muito inteligente o que dizia. Saindo da cela pensei que o conde estava enganando a si mesmo. Como ele valorizava a dignidade! Chegava a parecer pecado de orgulho.

Já era noite quando decidi ir para casa. A cidade havia adormecido, os incêndios se apagaram, por toda parte reinava o silêncio. Um sopro suave do vento nas copas das árvores e o céu límpido sobre a minha cabeça — talvez fosse a primeira vez nesse outono que sentia isso. Caminhava animado. "Eis as minhas pernas", pensava, "eis os meus pés, joelhos, tíbias, coxas. Movem-se ritmicamente porque eu quero assim, mesmo que não mande. Eles sabem o que fazer. Como é maravilhosa a vida, e antes de tudo o corpo humano. É traidor quem o próprio corpo entrega ao fogo. Eis a minha barriga, eis os meus braços, cabeça, olhos, boca, cabelos. Cada fio de cabelo sente os sopros do vento. Quando a chuva cair, os meus cabelos ficarão molhados e entregar-se-ão prazerosamente às carícias dos dedos. E os dedos encontrão a alegria no toque dessa áspera umidade. Cada membro do meu corpo tem vida própria, e todos juntos constituem uma única pessoa. É um verdadeiro milagre da criação. Quando corro, sinto ser diferente cada parte do meu corpo. Primeiro começam levemente a arder os pés, mas eu mesmo fico animado e alegre. Depois, se continuar correndo, um leve frêmito toma a barriga da perna, sobe aos joelhos, que absorvem a vibração. E eis que as minhas pernas ficam pesadas, preguiçosas como mulher grávida. Entretanto a barriga, os braços e as costas continuam dispostos a participar da corrida. Mais um instante, e a respiração fica curta, a garganta seca, a cabeça estoura de dor. E então as pernas não obedecem mais. Dou ordens para que andem mais rápido, mas em vão. Elas estão fartas de mim, já me consideram um estranho. Estão distantes, como se tivessem sido cortadas a machado. Mas basta um momento de descanso, um gole de água fresca, para elas se juntarem ao resto do corpo e seguirem o caminho, obedientes, firmes e infalíveis... Minhas boas pernas, meus queridos braços, mãos e entranhas, como poderia entregar-vos à perdição?! Sou vosso senhor e servo, amigo e amante, benfeitor e tirano. Segurem-se a mim e juntos sobreviveremos todas às provas do destino. Nada é mais importante do que essa sobrevivência."

Ia para minha casa pensando que de manhã o sol iria nascer e o céu inteiro ficaria maravilhosamente róseo. Depois o cor-de-rosa sumiria para que Arras pudesse tomar banho de raios dourados. "Pode ser que venha o vento, brigão e hostil, dispersando as folhas, fustigando as chamas na fogueira de Farias de Saxe, roubando algum chapéu ou um molho de palha. Ao meiodia tomarei leite, como todos os dias", pensava eu. "O meu criado trará um copo de leite morno, tirado diretamente das tetas da vaca, e eu, sentado confortavelmente, beberei. Depois sairei para o Conselho e à noite mandarei que tragam um pernil de carneiro, cerveja, queijo, frutas e, de novo, leite morno de ordenha tardia. Quando o dia acabar, colocarei meus braços, pernas, costas, barriga e cabeça na cama e chamarei uma das mulheres da minha casa para me aliviar."

Pode haver algo mais nobre do que permanecer vivo? Será que Deus nos criou para que nós nos aniquilemos em nome de quimeras? Hoje em dia fala-se muito sobre a questão da liberdade. Nos tempos dos nossos antepassados falava-se em todo lugar sobre a cavalaria e sua honra. O meu tio-avô viu, quando jovem, o retrato de uma dama e jurou servir a ela. Perambulou trinta anos pelo mundo quase inteiro, levando uma vida de pastor, dormindo ao céu aberto, comendo feijão e rábano. Chegando a um lugar contava logo histórias incríveis sobre aquela senhora e lutava nos torneios. Ficava com os ossos quebrados e todo dolorido, mas mantinha-se fiel ao juramento. Até que, descobrindo onde encontrar a sua amada, embarcou num navio e foi para Benevento. Ali foi recebido por uma velha esquelética, fedorenta como um monte de estrume, muito impressionada com a prova de dedicação do seu cavaleiro. O meu tio-avô morreu nas mãos dela, exclamando que estava feliz porque não desperdiçara a vida, podendo ver no fim a dama do seu coração. Diziam que, quando lhe tiraram a armadura, havia trinta feridas no corpo, recebidas nas lutas por essa senhora.

Quando eu era jovem ficava muito comovido com essa história, mas, depois de crescer, criei juízo. Enquanto o meu tio-avô vagava pelo mundo, aquela megera de Benevento chegou a ter três maridos e doze filhos. Maravilha! O pior é que nin-

UMA MISSA PARA A CIDADE DE ARRAS

guém havia obrigado o cavaleiro a correr atrás dessa barcaça carcomida.

Acontecia assim no passado e hoje rimos de uma palhaçada como essa. Mas será que em nossos corações não estamos cultivando outras palhaçadas? Liberdade! Sempre fui a favor da liberdade, como já disse. Porém, enquanto no mundo de hoje uns falam sobre o respeito pelo homem, sobre a liberdade de consciência, de pesquisa e do pensamento, eu clamo o mais alto que puder pela liberdade das minhas coxas, dos meus braços, joelhos, cabelos, língua, barriga, narinas, dedos, lábios, ouvidos, pés, cotovelos, fígado, dentes, ossos, ânus... Ah, senhores, por Deus, tudo isso é tão terrível e tão dolorosamente meu, como nenhuma outra coisa! O próprio Criador confiou-me este corpo para que eu cuidasse do seu direito de existir.

Só sei que o conde de Saxe traiu o seu corpo, portanto, a pessoa que lhe fora dada por Deus. Senhor, tende piedade da alma dele, embora ele tenha pecado muito...

O pior é que, quando era conduzido para o lugar da morte, gritava ao povo que era inocente e que morria para despertar a boa cidade de Arras.

— Que Deus vos perdoe, como eu vos perdôo! — dizia, o que cada homem sensato só podia entender como blasfêmia.

Palavras assim cabiam ao Senhor Jesus, mas não a um pecador empedernido como o conde de Saxe. Então as pessoas erguiam pedras e jogavam nele, colhiam torrões de lama seca e jogavam, assim como esterco de cavalo e cocôs de cabra. Porém, ele manteve uma seriedade e uma dignidade que cativavam. Quando o amarraram, disse ao mestre, em voz alta para todos ouvirem:

— Mestre, faze um bom trabalho. Pago-te um ducado por esse serviço...

O homem fez uma reverência beijando o sapato do conde, apesar de estar todo sujo de esterco. E fez um bom trabalho. Diria até bom demais, porque por causa disso ele não iria usu-

99

fruir desse ducado por muito tempo. Uma vez amarrado o conde na coluna, acendeu a fogueira e, quando as chamas se elevaram, com um movimento extremamente ágil cravou uma faca no coração do condenado. O conde de Saxe gemeu e logo expirou, assim o fogo queimava apenas o insensível corpo. Mas isso não passou despercebido pelos que estavam próximos, e que denunciaram o mestre ao Conselho, de modo que pouco tempo depois o carrasco da cidade de Arras foi decapitado. No entanto ele morreu alegre, pois com esse ducado sua esposa comprou uma boa propriedade perto do portão Trinité, ficando a partir de então muito bem estabelecida.

Em nome do Pai, do Filho e do Espírito Santo. Amém. Vivi então momentos terríveis naquela praça. Com o maior esforço abafava o soluço que saía do meu peito. Eis que se foi deste mundo um grande e nobre senhor, um dos meus ilustres amigos e protetores. Fui eu a pessoa com quem ele falou pela última vez em particular. Depois da minha visita à masmorra, ele foi levado diante do Conselho, onde não quis mostrar arrependimento, e onde pedia que as pessoas tomassem juízo. Assim eu posso me considerar o último confidente de Farias de Saxe. Rezei ardentemente por ele, para que Deus recebesse no céu essa alma perdida. Mas foi justamente naquela hora, durante a minha oração, à luz do dia, na praça com a fogueira em chamas, que me vieram as dúvidas. Já estava tão perto de me conformar com tudo o que estava acontecendo, quando veio um pensamento terrível. Vi o rosto de Cristo Crucificado, pálido e retorcido de dor. E logo depois vi o rosto de Pôncio Pilatos, que renegou o Senhor. Já tivera antes uma visão semelhante. Estávamos caçando com Chastell nas florestas perto de Gand. Isso ainda nos tempos de minha juventude, quando os ingleses dominavam quase toda a costa. Lembro-me de que Chastell havia caído do cavalo e se machucara tanto que ninguém lhe dava muitas horas de vida. Levamo-lo à casa de um camponês na beira da floresta e o colocamos em cima de palha de ervilha.

Pediu água, então o criado foi buscá-la no poço. E eu disse ao velho companheiro:

— Chastell, meu querido, tu precisas de um padre. Vou mandar o camponês buscá-lo nos jacobinos.

— Não faças isso — disse Chastell, fazendo um esforço para sorrir. — Eu não quero confissão...

Ele deve ter percebido pelo meu olhar que o tomava por louco, então continuou falando:

— Nunca pensei que iria morrer em tua companhia, longe dos meus amigos mais velhos. Mas o destino não escolhe. Portanto, não quero aqui nenhum padreco. Tu me conheces, meu querido jovem, e sabes que eu sempre trocei das práticas cristãs, e que os mandamentos de Deus, eu não os tinha em conta... Não foi por eu ter sido mau. Isso não! Mas não acredito em Deus. Nunca fui à igreja, nunca me ajoelhei diante dos altares, nunca confessei meus pecados. Não acredito nisso...

Eu fiquei horrorizado. Na verdade, na corte de Gand a incredulidade de Chastell era famosa, e alguns grandes senhores até o imitavam. O próprio duque Filipe dizia que Chastell era uma pessoa honestíssima e generosíssima e que, portanto, Deus estava perdendo muito por um homem como esse não querer acreditar n'Ele... Sim, mas tudo isso acontecia na margem de cá, enquanto agora Chastell estava navegando de ventos em popa em direção à outra, onde já não há lugar para brincadeiras e poses. Julguei então que não se devia esperar e que era preciso chamar o padre. Mas ele não largava a minha mão.

— Presta a atenção ao que vou te dizer, meu jovem! — sussurrava com dificuldade. — Não era descrença o que havia no meu coração, mas a certeza de que irei virar pó, mergulhar na escuridão sem fim, onde será vão procurar quaisquer seres. Por isso também neste momento, em que me vem à cabeça uma estranha idéia de que talvez encontre ali alguma coisa, quero mais ainda permanecer fiel a mim mesmo. Se Deus não existe, para que chamar o padre dos jacobinos? E se existir, o que pensará de mim? Que por medo, na última hora, caí de joelhos diante d'Ele? Se Ele existe, é inteligente e grande. E, se é inteligente e grande, despreza os estúpidos e pusilânimes. E justamente por isso não vou ao encontro d'Ele!

Voltou o criado com a água. Não mandei o camponês buscar o padre no convento. Chastell passou a noite inteira na cama num quarto abafado. Nem uma vez gemeu. Fiquei sentado na soleira ouvindo a sua respiração. A noite estava fria, todos os meus membros tremiam, um medo terrível apertava o meu coração. E justamente naquela hora vi pela primeira vez esta estranha trindade. O nosso Senhor Jesus Cristo, Pilatos e Pedro... Pela segunda vez me apareceram no outono passado, na hora da morte de Farias de Saxe. O que poderia significar tudo isso, realmente não sei. Mas sei que isso me enche de uma tremenda inquietação, e pior, tira a clareza de meus pensamentos. Como se eu me tornasse um vaso de onde escorre um líquido precioso. Às vezes me vinha a pergunta: de onde vem a coragem e a sensatez no homem? A solução mais simples seria que Deus dá a audácia das ações e dos pensamentos a alguns e a outros, não. Mas a quem? Dizem que dá aos bem-nascidos, mas não acredito, porque já vi em minha vida tantos corações de lebre vestidos de dignidade, que tenho que duvidar. Vejai, por exemplo, aquele Durance, o mordomo do senhor de Saxe, colocado ao lado do cavalheiro du Losch. Sobre este ainda não falei, pois nem vale a pena! Trazido diante do Conselho, fez um verdadeiro espetáculo. Mehoune enumerava em voz alta os seus pecados, e esse exclamava com a voz retumbante:

— E como, digníssimos Conselheiros, e como! Sou o mais desprezível pecador do mundo.

Quando terminaram de enumerar-lhe as más ações, ele acrescentou ainda muitas outras e a tal ponto salpicou com esterco a si próprio, que mesmo os plebeus viravam a cabeça. Enfim, Alberto perguntou:

— É tudo, du Losch?!

Ele fez que sim com a cabeça, mas ainda pensava intensamente, como se quisesse lembrar de mais alguma coisa e, após um tempo, exclamou:

— Digníssimos Conselheiros! Quando era criança eu fornicava com uma cabra...

Alberto deu uma risada. Pensei que aquele du Losch troçava de todos nós, mas ele estava se arrependendo assim por necessidade do coração. Porém ele se enganou, coitado! Esperava que, abanando o rabo, iria conseguir só a surra. Mas, divertindo-se à beça, o Conselho mandou decapitá-lo. Ao ouvir a sentença, ele desfez-se em lágrimas e atirou-se no chão, abraçando os pés do padeiro Mehoune, que fora o seu acusador. Então aconteceu uma coisa terrível, porque o padeiro disse:

— Senhor du Losch! Não esqueça a sua estirpe. Não convém a um cavalheiro abraçar as pernas de um padeiro.

Depois que cortaram a cabeça daquele homem, ninguém mais em Arras lembrou sequer o nome de du Losch. E Durance, apesar de ser de origem plebéia, teve a coragem de ir à morte com a cabeça erguida. Maldizia Alberto, cuspia nos seus pés, e mesmo quando as chamas lhe lambiam o corpo, gritava para o reverendo padre:

— Aproxima-te, velho bode, para eu poder peidar na tua cara!

Como ficam então a coragem e a sensatez? Se Deus não tem nada a ver com isso, devem ser coisas humanas. Chastell dizia para mim:

— Seja o dono do teu destino!

Ah, sei que é só isso o que importa. Mas posso dizer agora que não fiquei saciado. Às vezes eu era o senhor, às vezes não era. Às vezes atormentava-me o desejo de gritar, sem me importar com o que acontecesse depois, mas ficava calado. Outras vezes brotava em mim uma força destruidora e estava decidido a dar a cabeça só para salvar algo cujo nome nem sei pronunciar.

Senhores! O importante não seria agradar a si mesmo? Mais até do que a Deus?

Vejo pelos vossos rostos que a minha fala vos aborrece um pouco. Isso é compreensível, considerando como a minha língua se distanciou da língua dos cidadãos de Bruges. Embora eu esteja dilacerando o meu coração, para vós isso parece uma debulha. Voltemos então aos nossos carneiros do Brabante!

Nem dois dias se passaram da morte do conde de Saxe, quando a selvajaria e o assassínio tomaram conta da cidade de Arras. Processos, acusações de bruxaria, heresia e as mais hediondas depravações dominaram a cidade. Ninguém estava seguro, ninguém sabia o dia nem a hora. Algumas causas chegavam ao Conselho, outras eram resolvidas sem a sua sentença. Gervásio Damasceno, que perdera o cavalo por causa da praga de Celus, foi tirado da sua casa pelos seus devedores e enforcado. Os seus estábulos foram queimados.

Alberto disse no Conselho que apenas os homens simples entrariam no céu, o que logo se virou contra os nobres. Não penseis que isso deu origem a algum motim de plebeus! Nada disso podia acontecer em Arras. As mentes dos seus cidadãos eram preguiçosas demais. Simplesmente, as pessoas achavam que os mais bem colocados eram os mais envolvidos em tentações do demônio. Ninguém naquele tempo falava de igualdade em Arras. Porém, muitos desejavam beber nos vasos dos senhores e vestir a roupa dos senhores. Homens dos mais corretos, como o ferreiro Tomás Capenga, há muito meu conhecido, viraram saqueadores. O mesmo ferreiro invadiu com um grupo de criadagem a casa do senhor de Vielle, pendurou-o numa das vigas do teto e interrogou-o como se fosse um juiz:

— Por que blasfemaste?

— Não blasfemei — disse o senhor de Vielle.

— Se eu digo que blasfemaste, esta é a verdade.

— Não blasfemei! — insistia o senhor.

— Agora tu não escaparás — disse Tomás. — O senhor Alberto confiou a justiça aos homens simples da cidade de Arras. Nós somos os que mais amam a Deus e não deixamos impunes os pecados.

— Que homem simples és tu, ferreiro — respondeu de Vielle, homem muito corajoso. — Tu mexes com usura e maltratas os teus criados. Quantas vezes eles vieram aqui chorando?

Tomás deu-lhe uma bofetada e disse:

— Esse problema não é teu, pecador. Eles também vão prestar contas. Agora te prepara para a morte, mas antes confessa onde escondeste os teus ducados!

Mas o senhor de Vielle não disse nada. Depois de o matarem, procuraram pela casa toda. Verificaram que ele era pobre, que, além do nome e da honra, possuía muito pouco, portanto incendiaram a sua morada.

Depois chegou a vez das mulheres. Foram queimadas sete, acusadas de bruxaria. Duas nobres e as outras do povo.

No dia de Santo Ambrósio, o padeiro Mehoune, que então liderava a plebe, disse que havia muitos anos eu estava ligado à corte de Gand e que era contrário aos privilégios da cidade de Arras. Foi ele quem gritou primeiro:

— O senhor João não ama a nossa cidade como deveria!

Depois falaram os outros. Quanta raiva falava por eles... Quantas coisas soube de mim mesmo!

Senhores! O homem pensa que vive entre as quatro paredes de sua casa, fora do mundo, bem escondido dos olhos e ouvidos do próximo. Mas não é bem assim! Cada um de nós guarda no seu coração vários ressentimentos, segurando-os para não passarem a brincar na sua cabeça. Mas, quando chega a hora, todos se juntam, pedrinha a pedrinha, migalha a migalha, e aparece um retrato terrível. Eu nem me lembrava bem de uma partícula da minha vida, enquanto eles lembravam-se de tudo. Meu Deus, não faço idéia por que queriam a minha cabeça. O que eu fizera a eles? Eu era nessa cidade como um queijo moldado com as mãos de Alberto, à sua imagem e semelhança. Servia com lealdade, certo de que receberia um prêmio. No entanto, eles gritavam que eu deveria ser levado para a fogueira!

— Como é sabido o senhor João! — exclamavam. — Sabido demais para continuar vivendo em nossa cidade. Nós desejamos uma fé pura e humilde, desejamos uma submissão perante os céus, e não precisamos de sabichões, que nos ofendem com a sua fala e o seu pensamento confuso. Nossas mãos endureceram no trabalho pesado, só confiamos em nossas mãos e nos ensinamentos da santa Igreja. Entretanto, o senhor João desperdiça dias e anos em disputas e glorifica a razão, que é o altar do demônio.

Pensava já que me esperava a fogueira, quando Alberto tomou a palavra:

— Eu não posso dizer que tudo o que o senhor João fez merece aplauso. Ele pecou muito contra a cidade, porque, apesar de ter muitos anos de estudo, permanece repleto de dúvidas e hesitações. Quando eu vos digo que o coração ardente de um cristão é capaz de mover montanhas, ele logo se intromete com as suas idéias dizendo que o coração não tem braços nem pernas para poder levantar coisa alguma. Quando eu vos ensino que o desejo é tudo, ele não esconde as dúvidas, argumentando que também o bom senso vem de Deus. Foi dito aqui que a razão é o instrumento do diabo. Não é verdade. Mas é verdade que o diabo pode habitar apenas a razão, e nunca o coração do homem. Não saberia dizer se o senhor João é culpado ou não! A sua heresia é a falta de confiança, apesar de não lhe faltar boas intenções. Ele sempre sucumbe a estranhíssimas tentações, cuja origem pode ser o diabo, mas pode ser também a fraqueza. Nós deveríamos cuidar antes da salvação, e não da condenação dessa alma. Penso que é preciso afastar o senhor João do Conselho, para dar-lhe tempo para a meditação e a oração. Depois se verá...

Ao sair da sala do Conselho, disse, em voz alta e articulando bem as palavras, que era e permaneceria fiel à cidade de Arras.

O padeiro Mehoune riu amargamente. Foi a última vez que o vi. No dia seguinte foi morto pelo pai de uma moça que ele havia seduzido.

Assim me encontrei na minha casa, longe dos problemas da cidade. Os dias seguintes passei completamente sozinho, ouvindo o ruído dos terríveis ajustes de contas. Na verdade, entreguei-me à meditação. A minha situação tornou-se extremamente difícil. A princípio podia parecer que eu fora rejeitado pela cidade, mas isso apenas na aparência. Porque no fundo eu próprio havia banido a cidade do meu coração. Ah, as sentenças do Conselho não me preocupavam. Eu nunca dava importância ao que diziam os plebeus. E fazia tempo que Alberto me parecia um endemoninhado. No fundo, eu não suspeitava que ele fosse louco, pressentia apenas que estava escondendo uma idéia que não queria revelar aos outros. Portanto, eu não me senti magoado por ser excluído do Conselho. Pensei até que para mim era uma vantagem! Nos últimos dias participara das sessões sem nenhuma convicção. "Se Arras deseja arruinar-se", pensava eu, "que o faça sem a minha participação. Tanto melhor que eu fique em casa, um pouco isolado, sem poder influir no que está acontecendo." Não era então a sentença do Conselho que eu repugnava, mas o próprio Conselho. Confesso ter sentido amargura ao pensar que só depois de tantos anos vi a sua verdadeira cara. Isso não dava um bom testemunho sobre o meu juízo.

As mentes triviais devem julgar que só na hora do perigo eu criei juízo. Enquanto estava lá em cima, deixava-me levar para os caminhos errados com a cidade toda. Quando caí, veio a revelação... É uma visão equivocada, meus senhores! A questão não era tão simples. Ainda que também nesse julgamento houvesse um pingo de razão. Porém, na vida quase sempre é assim e não devemos nos queixar do vento que vem do mar. Vós, que tendes relações tão próximas com o mar, sabeis muito bem disso.

Sentir a sua singularidade não seria para o homem pensante o maior sofrimento? A proximidade de Deus, mesmo que Ele seja o melhor de todos, nos traz mais aflição que alegria. Porque no fundo continuamos sozinhos. Ir ao deserto! Isso eu sempre desprezei... É preciso renegar a própria humanidade para levar a vida longe do mundo, no meio da selva ou nas montanhas inacessíveis. O problema não é o homem se alimentar de raízes e beber a água da fonte, mas a medida de seus atos. Onde está ela? Outrora falava-se de um eremita do Artois, que viveu há séculos, ensinando o Evangelho aos animais selvagens. Penso que foi um homem louco. No início pode ter lhe parecido que os lobos, as raposas e as martas o ouviam atentamente e até procuravam seguir os ensinamentos das Escrituras. Mas logo a natureza do lobo deve ter vencido, e os animais disseram com bondade:

— Parai o vosso sermão, reverendo padre, porque estamos com fome e precisamos ir à floresta devorar um veado...

Depois, imagino, o próprio eremita se acostumou a ir com eles para dentro da mata. No início só olhava, depois comia e, enfim, caçava. Mas, sem ter boas presas e garras, matava de uma forma mais cruel do que todos. E só assim tornou-se o chefe da alcatéia.

Eu tive, meus senhores, um irmão mais velho, por trinta anos enclausurado no convento dos cartuxos. Durante muito tempo não viu outro homem e conviveu apenas com a sua fé. Ali então enlouqueceu completamente. Digo-vos que são necessárias medidas para nossos pensamentos e nossas ações, bem como para o nosso amor a Deus. Mesmo se Deus não existisse e fosse apenas o modo de expressarmos a nossa melancolia, esta deveria ser medida entre um e outro coração humano.

Algumas vezes, na minha vida, pareceu-me ter saído das florestas sombrias, onde eu era como musgo, folhas, doninhas. Naquele tempo ainda não tinha consciência de que existia. Mas logo depois de ter a experiência de mim mesmo, comecei a procurar o ponto de referência. E a perguntar: onde ele está?

Quando um navio sai do porto de Bruges para uma longa viagem, as pessoas reunidas a bordo só se dão conta de que estão sozinhas no mundo uma vez no meio dos enfurecidos elementos do oceano. Olham para seu capitão, e cada marujo confia mais nele do que em Deus. Basta um movimento desatento para que o homem fique fora de bordo, sozinho, condenado à perdição. É o que todos sabem e por isso mantêm-se unidos. Juntos pegam no remo e juntos amainam a vela. Quando alguém desanima, basta que olhe os braços fortes dos companheiros para se sentir melhor. E, quando navegam no meio dos encalhos e recifes, fixam seu olhar nos lábios do capitão. Ah, ouvi falar como é dura a vida nos vossos navios! Vermes dos mais nojentos, comida ruim, trabalho cruel e chicotadas dos capatazes. Quem se rebela fica pendurado na verga. As pessoas maldizem a sua sorte e, às vezes, até começam a odiar o navio. Mas, ao pensarem que ele poderia chocar-se com os recifes, quebrar e afundar, ficam com medo. Alguns sobreviveram a acidentes assim. Salvaram-se numa jangada, sendo durante longas semanas um brinquedo no mar. Sozinhos, entre o céu e o mar, lembravam com saudade o seu navio, os companheiros, o capitão e até os capatazes cruéis. A bordo, apesar de tudo, eram gente, enquanto depois tornaram-se um mero brinquedo de um elemento enfurecido...

Ser si mesmo é não ser um outro. E pronto. Mas não ser um outro só é possível no meio dos outros. Eis por que eu participava do Conselho e permaneci em Arras.

Sim, é verdade, mas não toda ela. Porque depois de ter sido mandado embora, percebi que eu não estava isento de culpa. "João", dizia a mim mesmo, "por que tu não defendeste Farias de Saxe?" "Porque ele não merecia defesa", respondia imediatamente. "Ele não sabia valorizar a sua própria vida, portanto foi bom ter morrido!" Mas logo vinha um outro pensamento para me atormentar: se todo o mundo era favorável à morte de Farias de Saxe, teria sido preciso se opor para permanecer outro. "O desejo da unanimidade", respondia então, "parece mais forte do que o desejo de verdade. Porque não é a verdade que nos dá a sensação de segurança, e sim a comunidade. Arras é o que nos une para o bem e para o mal. Além de Arras não temos nada", argumentava eu. "E a fé?", perguntava-me com medo. "A fé", respondia imediatamente, "é a semente, enquanto Arras é o solo. Sem esta cidade o vento zombador espalhará a nossa fé pelos outros campos — nós nos tornaremos mendigos às portas trancadas do templo."

Meus senhores! Lembrando agora os meus pensamentos do outono passado, sinto-me frio e tranqüilo no meu coração. Mas naquele tempo sofria altos e baixos desesperados, andava agitado pela casa como uma mariposa na luz da tocha e não encontrava nenhum alívio. Abandonaram-me todos os pensamentos frívolos, nem estava com vontade de possuir mulheres, apesar de poder tê-las à vontade, pois não faltavam em minha casa criadas dispostas, bastaria acenar. Durante alguns dias e noites procurara uma saída, enquanto a cidade sangrava como uma ferida aberta. Estavam vindo à minha casa homens de confiança e contavam coisas horrorosas. Não era como anos atrás, nos dias da peste. Naquele tempo Arras lutava pela vida. Agora só se tratava de ajuste de contas. Em cada rua circulavam delatores, ouvindo o que os outros estavam falando. Depois corriam para o Conselho. No próprio Conselho as coisas estavam indo mal, todos se olhavam como lobos. O ferreiro Tomás, que tinha saqueado a casa do senhor de Vielle, acusou o Conselho de uma conspiração com Davi. No início todos riram-se dele, mas ele era suficientemente esperto e conseguiu juntar um grupo dos piores elementos da cidade. Então Alberto o aceitou no Conselho com direito a voz e voto. Esse ferreiro tinha bastante juízo.

— Não — disse ele —, não é correto que cada um faça justiça por si. Para isso há o Conselho com o nosso reverendo padre Alberto à frente. Bastam os assaltos nas ruas, bastam as degolações. Quem tem contas a ajustar com alguém que venha ao Conselho...

Ouviram-no com grande alegria, pois os homens sérios estavam com medo de sair à rua ao anoitecer. Pensava-se então que Tomás Capenga iria estabelecer a ordem. E ele lhes mostrou a ordem! Aproximou-se dele um companheiro e disse:

— Meu nobre amigo Tomás. Tenho problemas com o senhor Astruc, que me emprestou um ducado e eu não quero devolvê-lo. Faze alguma coisa.

Tomás coçou a cabeça e disse:

— Apresenta acusação contra o senhor Astruc.

— Do que devo acusá-lo? — perguntou o camarada.

— Isso logo se verá — respondeu Tomás. — Vai a minha casa hoje à noite e te direi!

Aprontaram uma acusação contra o senhor Astruc por ter ofendido a Santíssima Trindade. Astruc era gago, e quando rezava, a sua língua só dava para o Pai e o Filho, de modo que sempre tropeçava no Espírito Santo e precisava tomar ar. A tal ponto era desajeitado que, mesmo quando lhe acenderam a fogueira e ele começou a rezar, foi-lhe custoso pronunciar o Espírito Santo.

Uma tarde veio à minha casa Pedro de Moyes, um velho amigo que ainda participava do Conselho.

— João — disse quando ficamos a sós —, há uma acusação contra ti e tu serás preso.

— Não pode ser! — exclamei apavorado. — E Alberto?

— Alberto concordou sob a pressão do Conselho — disse de Moyes.

— Quem votou contra? — perguntei ao amigo.

— Não houve votos contrários — respondeu entristecido. Mas logo acrescentou: — Por isso vim tão rápido te trazer a decisão do Conselho.

Ao sair da minha casa, olhou alerta para todos os lados. Era um homem muito honesto, apesar do espírito fraco... Ficando sozinho logo recuperei a calma. Foram então unânimes, sem perceber o mal que estavam fazendo. Cederam suas consciências ao rebanho, como carneiros, como bodes malditos.

111

E nenhum deles sequer pensou que não havia no mundo tirania mais tirana do que a unanimidade, escuridão mais escura do que a unanimidade, estupidez mais estúpida do que a unanimidade! Abrigaram-se nela colocando o baraço no próprio pescoço. Ah, sofria muito por causa da minha solidão, mas ao mesmo tempo tinha orgulho por não ter participado daquilo tudo. Foi naquele momento que tomei a decisão. Chamei um homem de confiança e disse-lhe:

— Sela o melhor cavalo e o leva ao portão de São Gil. Estarei lá antes da meia-noite...

— Senhor — disse o criado. — Há guardas em todas as passagens.

— Sei. Estarei armado. Não tenho muito a perder. Se for preciso, furarei a barreira dos guardas, fugindo para a corte do duque Davi...

— A cidade irá vos abençoar! — exclamou. — Quando o duque vier aqui, logo acabará todo este diabolismo.

— Eu também acho — disse. — Não vou ficar aqui parado, enquanto rolam as cabeças dos inocentes...

O criado saiu, mas voltou logo.

— Senhor — disse —, temo por vossa vida. Se for preciso irei junto. Sei manejar armas.

— Vou pensar nisso — disse, e afastei o criado para que não visse meus olhos cheios de lágrimas.

Como fiquei contente por me sentir amado. Não importa ter sido justamente esse homem quem denunciou o meu plano ao Conselho, como soube depois...

Em nome do Pai, do Filho e do Espírito Santo. Amém. Estava com muito medo. Sabia melhor do que ninguém o que espera o audaz fugitivo quando é pego pelos guardas. A cidade de Arras nesse ponto é bastante cruel, porque preza muito a fidelidade dos seus cidadãos. As torturas não podem durar menos do que do nascer até ao pôr-do-sol. Eu próprio fui um dos autores dessa lei anunciada aos cidadãos no ano em que acabara a peste. Consolava-me saber que estávamos no outono. Em pleno verão as torturas eram mais cruéis e demoradas. Mesmo assim sabia que o risco era grande. Não quis pensar no que aconteceria se me pegassem...

Saí de casa antes da meia-noite. O tempo era muito favorável. A noite estava escura, o céu, coberto de nuvens, sem sinal da lua, sem estrelas. A cidade estava dormindo, apenas de longe ouvia-se a voz de uma oração coral da igreja da Santíssima Trindade. Coloquei um capuz e enrolei-me num sobretudo. Levei uma faca de cabo jeitoso, bem estreita e bem afiada, que daria para cravar no coração com um golpe só. Caminhava devagar, para não chamar a atenção. O criado me esperava perto do portão de São Gil. Fiquei animado, pois podia contar com ajuda. No escuro não enxergava o seu rosto, mas estava contente de tê-lo comigo.

— Tens a arma? — perguntei baixinho.

— Tenho — respondeu com a voz tão fraca que fiquei com medo.

Olhei para o portão e reparei que estava amplamente aberto e os guardas jogavam dados... Isso nunca havia acontecido antes. Sempre ao anoitecer a cidade de Arras se fechava para, ao nascer do sol, abrir de novo seus portões para o mundo inteiro. Eu estava na verdade preparado para descer pelo muro, pois levava pendurada na sela uma corda de cânhamo bem forte. Os fossos haviam secado há muito pois não chovia, e assim ao longo dos muros estendia-se um pântano desagradável, mas era fácil atravessá-lo, sujando as pernas até aos joelhos. Pensei que, quando já estivesse do outro lado, abriria uma portinhola secreta, feita nos tempos da peste e por ali o meu criado passaria com o cavalo. A portinhola havia sido fechada por fora, porque o bispo mandara fazê-la para o uso dos guardas que naquele tempo viviam fora das muralhas, cercando a cidade...

Assim o plano da fuga já estava pronto, quando, de repente, vi o portão escancarado. O criado disse, cochichando:

— Senhor, perdoai-me a covardia, mas fiquei com medo e não vou...

— Como assim? — disse eu. — Tu mesmo te ofereceste para me ajudar...

— Sei disso, mas fico todo arrepiado ao pensar no que aconteceria se fôssemos apanhados. Eles iriam nos esfolar, cortar os membros um por um, arrancar a língua, queimar os olhos, e depois aos poucos...

— Cala a boca, burro! — interrompi o miserável, e os meus cabelos ficaram arrepiados.

Então ele calou-se. Olhei em direção ao portão. Vi um monge cisterciense passando, apoiando-se a uma bengala. Nem olharam para ele... Não conhecia esse homem, uma vez que nunca houve cistercienses em Arras.. Pensei que, se ele fosse sensato, levaria ao duque a notícia do que estava acontecendo na cidade. Disse ao criado:

— Leva o cavalo ao estábulo e vai dormir.

Ele sumiu num instante.

Em nome do Pai, do Filho e do Espírito Santo. Amém. Já disse que a cidade de Arras fizera comigo uma brincadeira diabólica. Como poderia eu sair com os portões abertos? Outra coisa seria sair enfrentando as dificuldades ou até lutando com os guardas até a morte. Mas assim? Ao declarar a sentença, o Conselho não sabia que Alberto ia preparar uma terrível tentação para mim. Aquela noite os portões não foram fechados.

Ao voltar para casa, senti que fizera o que devia fazer. Sendo a cidade louca, eu nela estaria lúcido. Sendo má, nela eu seria bom. Alberto quis me dominar através da sua confiança. "Tudo bem", pensei com certa comoção, "pagarei na mesma moeda, mesmo sabendo que a penitência vai ser dura. Se Arras desejar que eu participe desse aniquilamento geral, serei aqui para todos um remorso."

É incrível, senhores, mas naquela noite fui dormir — e dormi bem. Acordei quando o sol já estava bem alto. O meu primeiro pensamento correu atrás daquele cisterciense que vi na ponte levadiça. Se ele tivesse um pingo de amor cristão certamente iria a Gand. Esse não seria o seu dever? Eu sabia também que os cistercienses não amavam Alberto, pois ele os ridicularizava, elogiando os dominicanos. Isso era perceptível, considerando os sermões do reverendo padre e a submissão dos cistercienses a cada bispo. Então eu tive a esperança de que aquele monge fosse diretamente a Gand. Calculava febril em quanto tempo o duque Davi apareceria nos portões de Arras. Mas o resultado do cálculo não era muito animador, pois os guardas podiam vir me buscar a qualquer momento.

Assim passei o dia em estado de inquietação, à escuta de passos no pátio e à espera dos guardas. A cada hora eu mandava o meu criado para a rua, e ele, voltando, sempre dizia:

— Não há nada, excelentíssimo senhor, só os porcos estão se coçando na cerca...

Até que enfim, bem depois do pôr-do-sol, quando a lamparina já se estava apagando, ouvi um movimento no portão. Entrou o meu criado dizendo que chegara o reverendo padre. Recebi-o na porta. Ao entrar não me deu a mão para beijar, mas exclamou que eu não amava a cidade de Arras nem os seus cidadãos. Neguei. Então ele disse:

— Tu quiseste fugir à noite para a corte episcopal e nos trazer Davi para cá!

Neguei. Deu uma risada. Sabia que ele estava fraco, bastante inchado, e que sofria muito por causa da água no corpo todo, que aumentava a cada dia. Então o convidei para o salão, chamei os criados, mandei trazer a melhor bebida.

— Não quero tomar nada nesta casa! — exclamou irritado.

E disse de novo que eu estava querendo fugir da cidade.

— Não é verdade... — respondi com firmeza.

Então ele chamou o criado, o mesmo que eu havia mandado para o portão com o cavalo.

— Fala o que tu me disseste ontem de manhã! — ordenou Alberto.

O criado confessou tudo, olhando-me com arrogância. Assim percebi ter criado no próprio peito uma serpente, que me levou à perdição.

Quando fiquei a sós com Alberto, disse:

— Padre, ouvi-me! É verdade que eu quis ir à corte episcopal, pois já não agüento mais ver esses horrores. Está na hora de acabar com isso! Está na hora de a cidade recuperar a sua consciência e fazer penitência...

Ele quis me interromper, mas eu continuava falando, porque sabia que a minha vida estava em jogo:

— Portanto, pensei ir à corte de Davi. Mas não fui, recuei no último momento, porque esta é a minha cidade e não quero traí-la, nem por uma boa causa!

Alberto deu uma risada tão fria e cruel que as minhas pernas ficaram tremendo.

— Estás mentindo, João! Não foi por amor a Arras que desististe do plano de fuga, mas por tua astuciosa covardia. Se o teu criado não te abandonasse, irias atravessar o portão, enfrentando a guarda. Só que eles já estavam te esperando, porque eu resolvi submeter-te a um teste. Mas foste mais esperto... És sabido e muito nojento... Sabias bem o que te esperava caso fosses pego. Assim já não haveria salvação...

Quando ele disse isso, tive esperança. Mas ele logo a apagou:

— Serás decapitado! Mas vou te poupar as torturas.

— Padre! Não ides fazer isso com o mais fiel dos vossos discípulos. O que quereis de mim e desta cidade? Que diabo vos dominou e aonde quereis chegar acendendo fogueiras e entregando ao carrasco a melhor gente?

Então ele gritou levantando o braço, como se quisesse me bater, mas de repente tudo nele ficou flácido, ele vacilou e sentou-se no banco. Olhei para ele e não compreendi nada. Porque começou chorar. As lágrimas escorriam-lhe pelas faces senis, inchadas, e caíam na barba branca. Tremia todo como um arbusto no vento. Bati palmas, e, quando apareceu o criado, mandei trazer um jarro de jeropiga.

— Não é preciso — disse Alberto com a voz baixa.

Bebeu como se estivesse com muita sede. E chorou de novo. Sentei ao seu lado. Uma esperança batia em mim como um falcão encapuzado, e uma dor amarga enchia o meu coração. Durante muitos anos ele fora o meu protetor e mestre, o mais digno e o mais duro homem sob o sol, que durante vinte anos dominara esta cidade, e agora estava chorando como uma criança, sem conseguir pronunciar uma palavra.

— Padre Alberto — disse suavemente. — Deixai! Tudo vai acabar bem!

E, ao dizer isso, acreditei que assim seria. Falei com ele como se estivesse consolando uma criança, e até senti vontade de pegar na sua mão para beijá-la, mas lembrei-me, de repente, do que estava acontecendo, e desisti.

Então ele me olhou sob as suas pálpebras inchadas e pensei que só os olhos de um cego olham assim. Mas ele estava vendo.

— Tu achas, João — disse baixo —, que para mim é fácil viver nesta cidade? Achas que eu tenho coração de pedra e a mente entorpecida pelo ódio à espécie humana? Sofro terrivelmente, como ninguém aqui!

— O que quereis dizer, padre?

— É para os libertar! — respondeu com a voz forte. — Para lhes fazer luz nesta escuridão cruel...

Agora já falava mais alto, e as lágrimas secaram no seu rosto. Mas não penseis, senhores, que havia nele alguma inspiração ou uma centelha diabólica. Nada disso! Se houvesse alguma coisa sob a carapaça das palavras, seria uma lucidez singular de quem havia examinado tudo, amarrado e penetrado tudo até o fundo. Tanto mais terríveis foram as suas palavras.

— João — disse-me —, quis ver em ti o meu sucessor. Porque sei que não cumprirei a mcta. O caminho é muito longo e exige uma dureza que não há em qualquer um. Pensa nesta cidade infeliz. Como ela deseja a libertação! Os homens foram expulsos do paraíso, sentem que este mundo não é o deles, sentem-se estranhos, desanimados e abatidos. Nasciam e morriam numa miserável roda das coisas, entre a tosquia de ovelhas, a maceração de cânhamo e a tecelagem de seda. Nasciam e morriam sem saber para que vieram a este mundo. Porque a meta do homem não é tosquiar as ovelhas, macerar o cânhamo e tecer a seda. E não é sua meta dormir com a mulher, comer, ordenhar as vacas, ferrar os cavalos e caçar os animais do mato. Onde está o paraíso que eles perderam antes de chegar a este mundo, e onde devem procurá-lo para ver um pouco de sentido neste redemoinho louco? Anos atrás foram atingidos por uma peste terrível. Degolavam-se uns aos outros e comiam carne humana. O inferno! E, quando a peste terminou, voltaram a trabalhar com a seda e o cânhamo, desanimaram, perderam a fé, os seus corações secaram feito serragem. Quando um líquen corrói o tronco de uma árvore poderosa, é preciso um machado e um braço forte para cortá-lo. Às vezes nem isso chega e é preciso que um raio venha do céu, queimando tudo em volta, derrubando a árvore e transformando-a em cinzas, para que no ano seguinte no local do incêndio possam brotar as sementes... Perto do portão ocidental onde moram os judeus há um pequeno açude, coberto de lemna e de lírios-d'água. O tempo passa e o açude fica cada vez mais coberto. Quando aqui cheguei, há anos, pude ver a água limpa e muitas carpas gordas. Mas o tempo passou, a lemna expandiu-se na superfície da água, os lírios cobriram cada vez mais o pelico verde das plantas gulosas e insaciáveis. As carpas apareceram na superfície com as brânquias inchadas. Já não havia ali vida nenhuma. Isso me afligiu muito. Por que não há luz ali dentro para esses peixes desgraçados? Vão ter que morrer sem socorro? Ia muitas vezes ali e jogava pedras na água. Todo o pelico verde enfunava-se com raiva, um movimento perpassava a superfície, a lemna trepidava, os lírios se fechavam e abaixavam-se, e uma coluna de água límpida jorrava do fundo. Uma vez trouxe alguns homens para jogar pedras comigo. Pensaram que eu havia enlouquecido. Porque não é qualquer um que sabe o que é o amor. Tu nem imaginas como ficou o açude... Parecia o verdadeiro inferno. Como eu quis queimar esses lírios e essas plantas aquáticas, para desvendar o espelho d'água e devolvê-lo aos raios solares! Quando os homens estavam jogando pedras, alguma coisa no fundo começou a se mexer, a água se agitou, como se o açude todo tivesse finalmente acordado. Mandei os homens fustigarem os lírios e eles os fustigaram. Os lírios contorciam-se de dor, sobressaltavam-se raivosos, mas em todo lugar onde caíam os golpes, abria-se um espelho d'água límpida. João! Confia em mim, eu te conjuro! É preciso fustigar esta cidade até sangrar, incendiar a partir dos quatro cantos do mundo, transformar num covil de fera, para que apareça o verdadeiro rosto do homem. A gente daqui nada mais desejava então do que mudança! Mesmo que fosse uma dor cruel — desejavam-na, porque tudo o que conheciam na sua vida era vazio, chato, fedorento, desajeitado, apodrecido e insípido. Põe a língua na neblina e o que sentes? O nada. Toda a cidade de Arras era uma grande língua exposta à neblina. Até morriam sem pena e sem medo, pois eram tão vazios e tão sem caráter. Ah, se pensas que eu quis transformar essa gente em anjos — estás profundamente enganado. Quis somente que se tornassem mais humanos do que eram antes. João, dize-me, meu filho, quando é que podemos sentir a doçura das virtudes? Quando experimentamos a amargura dos pecados! Quando é que podemos entender todo o sentido da paz? Quando sabemos o que é o desespero e o medo! Quando é que podemos ter sede de Deus? Quando conhecemos o sabor das coisas diabólicas! Quando é que podemos apaixonar-nos pela vida simples? Após termo-nos aproximado da morte! Quando é que podemos apreciar a comida, a roupa, os cavalos, o úbere da vaca, a beleza do tecido e o toque suave da seda? Quando ardemos dia e noite em desespero, dor e angústia! Quando é que, enfim, podemos reconhecer a durabilidade de certos valores? Quando chegamos ao fundo do poço, onde nada dura e nada tem valor... É assim que eu conduzo esta cidade rumo à verdadeira liberdade...

Ele terminou e eu o olhava pensando que havia enlouquecido. Ele adivinhou.

— Tu achas que estou louco?! Mostra então um outro caminho, melhor, mais digno do ser humano. Desde que o mundo existe os homens sofrem. Os profetas lhes dizem: "segui-me, e eu vos levarei ao paraíso!" E os homens os seguem obedientes, porque o que mais deseja o ser humano é caminhar... E não importa para onde, só importa mover-se. Confia em mim, meu discípulo! Não há nada mais difícil do que ganhar a simpatia de Deus. Desde os tempos mais remotos os homens correm atrás d'Ele, sempre para a frente, no meio de uma enorme multidão de aleijados e cadáveres, em meio a gritos de guerra, a massacres, assassinatos e incêndios. Ah, como são incansáveis ao perseguir esse grande desejo. E faria mal quem os quisesse parar. Porque o nosso destino é caminhar. Só caminhando os homens sentem-se livres...

— Livres! — disse com sarcasmo, esquecendo-me da minha terrível situação. — Que liberdade vós destes à cidade de Arras?! É a mais cruel sujeição à violência, à delação, às fogueiras, aos conjuros e às miseráveis miragens...

Alberto sorriu ao ouvir essas palavras.

— João, o importante não é o que é, mas o nome que tem. Tudo é o que é o seu nome. Quando Deus apareceu a Moisés no monte Horeb e Moisés perguntou: "Senhor, qual é o Vosso nome?", Deus respondeu: "Eu sou aquele que sou!" Tu falas da sujeição à violência e às ilusões em que vive a cidade. Estás enganado! O que será a violência a que tu deres o nome de castigo? Ela será o castigo. O que será a ilusão a que tu chamares de fé na salvação? Será a fé na salvação! O homem te parece feito de atos e sentidos, enquanto ele é também feito de palavras. Tu não és o primeiro que cai na ilusão, a mais estúpida das ilusões da mente humana, de que é possível conhecer e mudar o mundo sem as palavras. Como tu podes conhecer e mudá-lo sem a língua que te foi dada para nomear as coisas?! O que não tem nome não existe. E o que existe, existe graças ao nome que tem.

Então exclamei emocionado até o fundo do meu coração:

— Padre Alberto! O diabo fala por vossa boca...

Ele voltou a rir baixinho.

— Tu deste o nome, João! Ensinaram-te a língua, e tu estás usando-a. Dizes "o diabo!" Pensa bem... e dá um outro nome, logo ouvirás outra coisa. Dizes "eu" — e, ao pronunciar essa palavra, estás existindo separadamente. Dizes "nós" — e, ao pronunciar essa palavra, estás fazendo parte de um todo. Eu te digo que, ao dizer "eu", estás pecando, e, se eu digo isso, estás pecando mesmo. Dei nome à tua fala. Assim também estou dando nome a todos os atos desta cidade. E eles são o que é o seu nome. O que agora está acontecendo em Arras eu chamei de liberdade, e os outros, seguindo o meu exemplo, também o chamaram de liberdade; portanto, é liberdade e nada que não seja liberdade. Eu obriguei a cidade a fazer tudo o que está fazendo, e ela quer fazer o que deve fazer. Se tu não vês nisso uma harmonia e um único caminho para a salvação, és cego, surdo e mudo. Eu assumo o peso de todos os pecados desta cidade e estou disposto a sofrer por eles como jamais alguém sofreu. Obriguei-os a fazer o que mando, e eles o fazem com vontade e alegria. Se isso não for liberdade, nada será. Dize-me então quem é que ama esta cidade mais do que eu? Eu me condeno à perdição eterna só para que Arras possa ter o prazer de chamar as coisas e os atos com os seus próprios nomes.

Ele levantou-se olhando-me triunfante. Eu disse:

— Padre, perdoai-me! Mas acabei de ouvir palavras terríveis, que nos levarão à perdição...

— E mesmo se levassem — disse, e sorriu de novo —, qual seria o problema? O homem, enquanto fica parado, está com medo da morte. Mas, quando caminha, nem sabe que está morrendo... Arras está no caminho, João! Todos aqui morrerão com um coração leve. Tu também!

Estremeci.

— Não te preocupes — disse ele. — Agora vou-me embora. A guarda da cidade virá de madrugada para te buscar, pois serás preso e colocado diante do Conselho. Só vou te dizer que estás condenado, mas terás morte leve, sem sofrimentos. Porque és quem mais amei nesta cidade. Infelizmente, quiseste deter a marcha dela e por isso terás que pagar.

Ao dizer isso ele saiu da minha casa. Peguei o jarro de jeropiga e bebi até o fim, depois quebrei o jarro na parede e chorei de medo da morte.

Em nome do Pai, do Filho e do Espírito Santo. Amém. Meus senhores, cidadãos da esplêndida cidade de Bruges, que me recebeis com tanta hospitalidade! Julgai vós mesmos se o reverendo padre não era um grande sábio. Então é o nome! Não existe nenhum ser se não for nomeado. Eu sou o que é João, e só por isso sou homem. Então, se eu vos dissesse que a cidade de Bruges semeia peixes, e vós aplaudísseis as minhas palavras, todos os cidadãos iriam ao mar com as foices, para ceifar peixes. Muitos iriam se afogar, mas um bom número voltaria à praia carregando os cestos cheios de peixes colhidos. Famílias inteiras iriam ao mar, como se vai ao campo, penteando com as foices a espuma das ondas. E o navio que passasse por perto iria certamente bater nos rochedos, pois todos os marinheiros, ao vos ver, ficariam enlouquecidos. Mas o que mais me excita é pensar que haveria em Bruges homens honestos, respeitados, pais de família, devotos nos seus negócios, que iriam encontrar um orgulhoso prazer naquelas colheitas marítimas, e que cada noite iriam afiar as foices e sair de madrugada para ceifar peixes. E quem dissesse que mais apropriado seria lançar a rede certamente seria expulso da cidade como semeador da descrença e da inquietação.

Meus senhores! Tomai cuidado com o sentido das palavras do vosso digníssimo Conselho, porque pode chegar o dia em que em Bruges os peixes começarão a cantar, os pássaros serão pescados à linha, os garanhões ordenhados, dando leite sadio, e as vacas seladas. Porque a coisa não é o que é, mas o que diz o nome que lhe foi dado! Ao dizer isso sinto medo e um nó na garganta.

Os guardas vieram então me buscar naquela noite. Não resisti. Disse ao chefe deles:

— Esperai na porta, vou pegar roupa quente porque na masmorra faz muito frio.

Ao que ele respondeu:

— É verdade. Levai também um jarro de jeropiga, porque os guardas gostam de beber, como também de jogar dados com os presos e divertir-se com eles.

Segui o seu conselho. Fui levado ao paço de Arras atravessando uma boa parte da cidade, e os seus habitantes viram em que apuros me encontrava. Mas não mostraram compaixão nenhuma. Pareciam-me cansados, como se aos poucos se estivesse apagando o fogo que consumia a cidade. Para mim foi um consolo.

Prenderam-me na masmorra, que eu conhecia bem, pois durante muitos anos tomara conta do edifício do paço da cidade. Era uma cela escura e úmida, mas encontrei um banco e um molho de palha. Não me prenderam à parede porque ainda não fora considerado culpado e estava aguardando para ser julgado pelo Conselho. Tenho que confessar que os guardas me trataram bem e até com certo respeito. O padre Alberto deve ter ordenado que não me fizessem mal. Veio a noite, e os criados acenderam duas lamparinas. Um deles disse:

— O senhor quer jogar dados conosco?

— Com grande prazer — respondi.

E assim ficamos jogando dados até que os sinos bateram meia-noite, depois me deitei no banco e dormi. Naquele tempo estava acontecendo comigo algo muito estranho, pois, ciente da morte próxima, não perdi a calma e até mantive certa serenidade. Desconfiava que havia nisso certa demência, como se eu, contra a minha própria vontade, ao pensar no meu fim trágico, me abrigasse numa loucura. De qualquer modo, não voltaria a chorar depois daquele momento em que o fiz copiosamente após a saída de Alberto, e até, às vezes, senti alegria. Quando jogava dados com os criados, queria muito ganhar, a ponto de ficar irritado com cada jogada errada, e dava risadas quando acertava. Tudo isso fez com que, quando estava adormecendo, viesse aos meus ouvidos a voz de um dos guardas dizendo:

— Eis um grande senhor de verdade, que não tem medo da morte...

Assim passei dois dias tranqüilos na masmorra, dos quais até hoje me recordo sem nenhum rancor. Até que veio à minha cela o guarda para tomar um gole de jeropiga. Entrou e disse em voz baixa:

— Senhor, preparai-vos para a morte. Sei do que sereis acusado.

— Então fala! — disse-lhe.

— A cidade toda já sabe que vós conspirastes com o conde de Saxe contra os privilégios. Quando viestes falar com ele na masmorra, antes da execução, ele vos deu uma carta para o duque Davi e o duque Filipe.

— Como ele podia ter me dado uma carta, se ele estava em plena escuridão e não tinha pergaminho nem penas para escrever?! — exclamei.

E o guarda disse:

— Isso eu não sei. Mas não há dúvidas de que ele entregou ao senhor cartas para o duque Davi.

— Pois então onde estão elas agora? Que me apresentem uma prova — argumentei.

— Ouvi dizer que se perderam — respondeu o guarda. — E não se sabe onde estão. Mas todos sabem que o conde de Saxe escreveu e que o senhor recebeu e escondeu as cartas, para entregá-las ao duque e bispo Davi.

— Como vós podeis saber?! — gritei em desespero. — Pensa, homem! É possível escrever cartas numa cela como esta?

— Eu não sei escrever! — respondeu calmo. — Então não faço idéia de como se faz. Mas o conde escreveu, e o senhor escondeu...

— Tu és um cavalo. Empina e relincha! — desesperei-me.

Olhou-me como se não tivesse entendido. Então repeti:

— Estou falando: empina e relincha, porque tu és um cavalo.

— Não sou um cavalo — disse.

— Tu estás enganado — exclamei irritado. — Toda a cidade sabe que tu és um cavalo. Foste montado pelo senhor de Moyes, que te deu uma rica sela. Mas tu foste indócil e por isso te atrelaram e agora estás puxando carros de seda...

— Não sou um cavalo... — gaguejou, ao que respondi com dureza:

— Então prova!

Saiu da minha cela correndo. Pensei que, quando chegasse à rua em frente ao paço da cidade, relincharia e dispararia a galope rumo ao ferreiro.

Assim já sabia o que o Conselho estava me reservando. Não havia salvação para mim e devia preparar-me para a morte. Mas consolava-me ao pensar que seria poupado das torturas. Alberto devia ter escondido do Conselho a história da fuga noturna. Parabenizei-me pela prudência mostrada naquela hora. Foi bom eu ter recuado do portão de São Gil. Eles só esperavam que eu saísse da sombra e desse um passo em direção ao muro. Assim iriam me pegar! Iria sofrer torturas indescritíveis desde o nascer até o pôr-do-sol. E agora me esperava apenas a espada...

O tempo passava. Não fazia idéia se no mundo já amanhecia, se era dia, se entardecia ou anoitecia. Na minha cela estava sempre escuro e úmido. Perguntava então aos guardas, e eles me respondiam gentilmente. Enfim, veio um criado, chamado Sol, que havia certo tempo servira em minha casa, antes de eu tê-lo entregado para o paço da cidade, e disse:

— Meu senhor, trago-vos um jantar muito saboroso, porque hoje a noite sereis levado à frente do Conselho, e, ao amanhecer, sereis decapitado. Esta é a vossa última noite, por isso vou rezar por vós.

E foi embora, deixando-me uma refeição copiosa. Depois soube que ela fora preparada por meus criados, o que sem dúvida era uma prova de amor e de coragem, pois gestos semelhantes já se pagaram em Arras com a vida.

Chamei então os guardas e comemos juntos. Havia ali um delicioso patê, um pernil defumado de carne muito delicada e codornas, e, para beber, um garrafão de jeropiga e um jarro de cerveja. Comendo, disse aos guardas:

— Então, minha gente, amanhã ao nascer do sol já estarei com Deus.

— É a vontade dos céus — respondeu um deles.

— Mas acho — retruquei — que haverá um problema, pois o carrasco da cidade de Arras foi decapitado. Quem cortará a minha cabeça?

O homem então disse:

— Não haverá nenhum problema com isso, porque hoje eu fui pedir humildemente ao Conselho que me deixe cortar a cabeça do excelentíssimo senhor...

Quase engasguei com o patê ao ouvir isso. Olhei para ele com espanto.

— Então serás tu?

— Eu, sim senhor!

— Mostra o braço.

Levantou-se do chão e tirou a camisa, ficando nu até a cintura. Era realmente bonito. Toquei em seus poderosos músculos, inchados debaixo da pele, e estremeci. Depois disse:

— Por que tu foste pedir isso? Tu me conheces?

— Não conheço, meu senhor. Mas o Conselho paga três ducados por vossa cabeça

— Três ducados — repeti pensativo. — Não sabia que estava valendo tanto...

Ainda havia muita comida, mas eu perdera o apetite. Cada vez que olhava o braço daquele homem, sentia calafrios. Beberam toda a cerveja e finalmente se foram, levando a tocha. Fiquei na escuridão completa. Encostado no muro, escutei os batimentos do meu coração.

Em nome do Pai, do Filho e do Espírito Santo. Amém. Confesso que estava com um medo terrível da morte. Porque sou pecador. Mas a escuridão e o silêncio pareciam apaziguadores. Era como se eu já não existisse mais, como se estivesse fora do mundo e dos homens. Ouvia o ruído do meu coração e o silvo da respiração. Tocava o meu corpo com a mão ávida. Além de mim não havia nada. Com a minha pessoa eu preenchia o mundo inteiro. "Se a morte for apenas isso, não será tão cruel...", pensava. Fiquei assim à espera, desejando apenas uma coisa: não ver mais nenhum rosto humano, nenhuma árvore, nem o céu nem o sol. Se eles pudessem me abater nesta cela, no fundo do paço da cidade, sem luz, no silêncio total — alcançaria um aniquilamento suave. E, ao pensar assim, percebi toda a crueldade da tortura.

O tempo passava numa letargia misturada com erupções de pensamentos desesperados. Ora eu adormecia, ora eu acordava. O fato é que uma grande inércia me havia dominado e eu não queria espantá-la. Poderia-se dizer que eu estava ensaiando a morte.

De repente, ouvi um barulho e logo depois, no fundo do corredor da masmorra, apareceu uma luzinha. Decidi aguardar corajosamente o fim. Estavam vindo para me levar diante do Conselho e dali, ao amanhecer, para a praça da execução. Não queria ter olhos, nem ouvidos, língua, olfato, tato. Mas tinha.

E tinha numa abundância tão cruel, que não havia como expressar o que estava sentindo...

A luz da tocha iluminou a masmorra. Os passos se aproximavam. Levantei-me. Diante de mim apareceu aquele mesmo homem que ia cortar a minha cabeça.

— Senhor! — exclamou. — O duque de Utrecht entrou na cidade pelo portão Trinité!

E caiu de joelhos.

— Perdoai-me por ter me vendido por três ducados, mas sou muito pobre...

— Segura a tocha, senão se apaga! — adverti-o. — Leva-me logo ao duque...

Eis a salvação milagrosa, meus senhores! Como se extraída das histórias sobre os terríveis dragões e os bons cavaleiros. No momento em que a espada cruel se levanta para cortar a cabeça do senhor, uma força sobrenatural a detém, e o bom Deus recompensa a fidelidade e os sofrimentos do condenado. Ao atravessar apressado o corredor da masmorra, com o meu quase carrasco à frente levando a tocha, vivi um momento muito especial. Fui dominado pela felicidade dessa reviravolta ao ponto de acreditar no milagre, no prêmio de Deus pela minha postura. Mas, mesmo quando a minha mente se perdia, às vezes, nesses buracos, nunca se perdia por muito tempo! Entrando no pátio do paço da cidade recuperei a lucidez. A noite estava fresca, mas na masmorra o frio era insuportável, e agora não podia me queixar. O pátio estava cheio da plebe, no meio da qual havia também alguns senhores. Esses me cumprimentaram amavelmente e até — diria — com certa subserviência, pois todos em Arras sabiam que eu era amigo do duque.

Não havia ninguém do Conselho por perto, porque todos foram para o portão Trinité. Estávamos então aguardando. A luz das tochas iluminava os rostos. Não notei neles nem alívio nem medo nem alegria. Apenas sonolência. Só assim percebi que era quase meia-noite, e que eu fora salvo poucas horas antes do fim marcado.

Davi entrou no pátio a cavalo, conduzido pelos membros do Conselho calados. Reparei que Alberto andava com dificuldade, e os outros estavam-no ajudando. Ao me ver, o duque deteve o cavalo e exclamou:

— João! Como estou feliz por te ver...

E comoveu-se com o meu aspecto macilento. Fui com ele para os salões, enquanto os outros ficaram à porta. As minhas primeiras palavras foram:

— Vossa Excelência chegou em boa hora. Ao amanhecer iriam cortar a minha cabeça...

— Voltaste das profundezas — disse, e me abraçou.

— Agora conta tudo o que aconteceu em Arras.

Meus senhores. O que poderia dizer? Seria possível resumir tantas desgraças em tão poucas palavras? Como começar e como terminar? Pareceu-me de repente que, para expor de uma forma mais justa tudo o que aqui havia acontecido, deveria começar pela criação do mundo. Disse então:

— Vossa Excelência me perdoe, mas agora estou cansado demais para contar. Há pouco ainda estava na masmorra preparando-me para a morte...

— Tu tens razão — disse Davi. — Vai descansar. E, quando já estiveres suficientemente forte para me visitar, sempre serás bem-vindo...

Saí então dos salões do duque e me encontrei de novo no pátio. Estava vazio. Todos voltaram às suas casas, como se nada de especial houvesse acontecido nessa noite. E, de fato, aos outros nada havia acontecido! Somente eu vivia a minha ressurreição. Sentia-me muito abatido e com sono, mas resisti e fui procurar o homem que deveria ser o meu carrasco. Ele estava na sala dos guardas. Ao encontrá-lo disse a ele:

— Eles iriam te dar três ducados pela minha cabeça. Eis os três ducados.

E tirei um belo anel do meu dedo. Ele ficou relutante, desconfiado de que fosse um estratagema.

— Não tenhas medo. Pega o anel, porque quero que estejas feliz por viver assim como eu estou. E reza por mim.

Então ele pegou o anel e beijou a minha mão.

Saí do paço da cidade e fui para a minha casa. Mas ia muito devagar. A noite já chegava ao fim. O céu, ainda preto e sem estrelas, já começava a lembrar a seda malcurtida. Como se aqui e acolá aparecessem pequenas infiltrações, como se a cortina se estivesse rompendo sem nenhum ruído. Fiquei pasmado. Nesse mesmo momento eu estaria sendo levado do paço da cidade para a porta da igreja da Santíssima Trindade. Os guardas iriam afrouxar o passo, olhando atentamente o céu. Ainda não... Pararíamos! Sopraria o vento, zunindo nas copas nuas das árvores. Com o vento viria o cheiro dos prados úmidos que se estendem atrás das muralhas. Os guardas me levariam de novo adiante. O céu a leste estaria se rompendo cada vez mais. De repente, cantaria o galo. Nalgum lugar bateriam os cascos dos cavalos na terra congelada. E eis a igreja da Santíssima Trindade emergindo da escuridão. Agora o frio penetrar-me-ia até a medula dos ossos. Tochas numa nave da igreja? Cantos? Viera o duque e por isso não acenderam as luzes para mim, e ninguém canta os salmos de despedida. Obrigado, Excelência! E eis o primeiro raio do sol, algures abaixo dos telhados, mais sentido do que visto. Passei ao lado do cadafalso. Ali, em cima, via o cepo, de dia avermelhado de sangue, mas que nessa hora parecia uma silhueta escura e atarracada.

Quando os raios cor-de-rosa alcançaram de viés o telhado da minha casa, eu já estava chegando. Nesse exato momento rolaria a minha cabeça no cepo. Toquei-a carinhosamente. Estava bem firme em cima do pescoço.

Entrei no saguão e depois, atravessando o pátio, fui ao quarto dos meus criados. Sabia que ficariam em casa, porque não iriam sair para assistir à morte do seu senhor, que lhes tratava tão bem. Quando me viram na porta, caíram de joelhos apavorados, pois achavam que era o espírito voltando para a casa. Mas logo perceberam que eu estava vivo e livre. Levantaram um pranto de alegria. Na verdade eu só estava procurando por um deles. Ei-lo. Percebeu o que o esperava e quis fugir, mas não o deixaram. Então eu disse:

— Todos sabem que foi ele quem me entregou à morte. Como Judas! Tenho nojo dele e não vou tocá-lo, mas vós podeis fazer o que bem quizerdes.

E saí do quarto. Mal cheguei aos meus aposentos, quando ouvi um grito terrível. Primeiro, segundo, terceiro... Depois fez-se o silêncio.

Alguns minutos mais tarde entrou no meu quarto um criado para me servir antes que fosse dormir. Vi as suas mãos vermelhas de sangue.

— Lava-te — disse eu —, e não toca na minha roupa.

Ele saiu então e eu me deitei para dormir.

Assim terminou a terrível noite da minha morte.

Em nome do Pai, do Filho e do Espírito Santo. Amém.

No dia seguinte ao meio-dia veio à minha casa Chastell, com a notícia de que o reverendo padre Alberto fraquejara e queria muito me ver. Eu não queria ir, mas Chastell disse que essa era a vontade do bispo. Fui então para a casa de Alberto. Ao seu lado encontrei um dominicano de Gand, que viera a Arras com o duque e agora estava ouvindo a confissão do reverendo padre. Esperei no salão ao lado, com a porta entreaberta, ouvindo os sussurros abafados. Demorou muito. Enfim apareceu o dominicano na porta, cobrindo o nariz com a manga do seu hábito.

— O velho fede muito... — resmungou, e foi embora.

Entrei no quarto do moribundo. Estávamos sós. Alberto me olhou, eu olhei para ele. Percebia-se que eram seus últimos instantes. E, de fato, fedia muito. Sentei ao lado da sua cama sem dizer nada. Ele fez um sinal com a mão para que eu me inclinasse. Já não podia falar. Estava todo inchado por dentro e mexia a língua com muita dificuldade.

— João, meu discípulo — disse baixinho. — Estou morrendo. Recebi Deus no meu coração e estou alegre. Foram perdoadas as minhas culpas. Chamei-te para dizer que eu também te perdôo...

— Vós me perdoais o quê? — perguntei, espantado.

— Sempre te falei que eu sou Arras, e que Arras sou eu. E assim será enquanto eu viver. Então te perdôo as tuas culpas em relação a esta cidade. E dize aos outros cidadãos que também perdôo-lhes as culpas em relação a esta cidade. Eles não permaneceram fiéis até o fim e ainda vão ter que chorar por isso, mas eu perdôo...

Eu não disse nada, porque, de repente, fiquei com muita raiva desse velho. E ele continuava:

— Nem tudo em que se acredita agrada a Deus. Mas a fé, qualquer que seja ela, é melhor do que a descrença. Alguns em Arras achavam que, seguindo o exemplo dos duques e bispos, deveriam dedicar as suas mentes ao estudo da alta filosofia e ao conhecimento do mundo. Porém, o seu dever antes de tudo era acreditar...

— Padre Alberto — interrompi, sem esconder o sarcasmo. — Que fé é essa, comum àqueles que estão embaixo e àqueles que estão em cima?! Aqueles que julgam e aqueles que são julgados?

Ele quis fechar os olhos, mas as suas pálpebras estavam tão inchadas que eu continuava vendo as suas pupilas. Não respondeu nada. Como se no fim, no último instante da sua vida, tivesse percebido que o homem a quem falava não era a quem quis falar e pensava ter falado...

Ah, meus senhores, como ele deve ter sofrido ao perceber isso! Durante tantos anos esforçou-se para me moldar à sua imagem e semelhança e para me deixar toda a sua herança. E, de repente, na hora da morte, ele percebeu que havia se enganado ao depositar em mim todas as suas esperanças. Eu sabia que ele estava sofrendo por isso. Mas deveria enganá-lo diante de Deus? Deveria fingir, como um ator medíocre? Não! Não pude fazer isso. Sem dúvida, eu sentia compaixão por Alberto, mas será que eu também não mereceria compaixão, e, antes de tudo, uma atenção que se deve dar mais aos vivos do que aos mortos?

Os nossos caminhos haviam se separado, e não foi só naquela hora em que eu estava sentado ao lado do seu leito, mas muitos anos antes. Os dois sabíamos disso, só que ele tentava alimentar ilusões, e eu não.

Ele já não dizia mais nada. Apenas olhava sob as pálpebras entreabertas, e os seus olhos pareciam pedras com as quais me apedrejava. Mas agüentei um bom tempo e depois saí silenciosamente do quarto.

Morreu naquele dia, e os que estiveram com ele até o fim falaram depois que as suas últimas palavras foram: "Fé e perseverança!".

Nesse mesmo dia o duque me chamou e perguntou o que eu falara com Alberto nos seus momentos derradeiros. Parecia muito curioso e não conseguia disfarçá-lo. Disse então a Davi:

— Vossa Excelência, foi uma conversa sobre questões da fé.

Ele riu, troçando de mim.

— Já vejo os dois falando sobre questões da fé... Dize, caro João, toda a verdade! Falastes de mim?

— Não, Vossa Excelência.

Olhou-me nos olhos, desconfiado.

— João — disse —, para mim é muito importante. Dize então a verdade.

— Vossa Excelência — respondi —, nunca ousei mentir diante de vós. Dou a minha palavra de que não fostes lembrado nessa conversa. Simplesmente não fostes!

Ele franziu as sobrancelhas, como que decepcionado. Pensei então o quanto ele desejava que Alberto, ao morrer, falasse nele. Para um homem como Davi, isso tem o seu valor. Mas, meu Deus, eu não entendo esse tipo de fraqueza.

Em nome do Pai, do Filho e do Espírito Santo. Amém. Meus senhores! Agora vou resumir o que aconteceu em Arras depois da chegada do duque e da morte do reverendo padre. Nos dias seguintes aconteceram situações incomuns. A mais importante ocorreu num domingo chamado domingo do perdão e do esquecimento. Vou falar então sobre esse dia importante e sobre tudo o que dele resultou depois. E assim terminarei a minha confissão.

Naquele domingo os preparativos começaram logo ao amanhecer. O dia anunciava-se com muito vento, mas claro, como às vezes acontece no final do outono. Nuvens ligeirinhas, todas translúcidas ao sol, percorriam o céu. Sentia-se o frio, mas um frio sadio e fresco. Em todas as casas apareceram — sei lá de onde — grinaldas de flores secas, ramos sem folhas, cortados sob as muralhas, e até muitos ácoros e lírios-d'água enroscados, pendendo das casas feito rabos de rato. Entre os judeus sobreviventes havia uma enorme agitação. Os chefes mandaram caiar a rua do portão oeste, por onde iria passar o duque. Porque o duque anunciara que iria visitar a comunidade judaica, o que deve ter acontecido pela primeira vez desde os tempos mais remotos. O portão de São Gil era o mais aberto de todos, e o altar brilhava com inúmeras lamparinas. Elas produziam tanta fumaça que eu custava a respirar. Os muros floriram com as bandeiras de todos os nossos bons duques. Então havia a bandeira do duque Filipe, a bandeira do duque Davi e também a bandeira do rei Luís, o novo senhor em Paris. Enquanto nós em Arras enfrentávamos as nossas próprias consciências, Deus havia convocado o rei Carlos, e o seu augusto filho, tão odiado pelo pai que tivera que pedir a proteção da Borgonha e durante muitos anos sofrera refugiado na corte borgonhesa, pôde voltar finalmente para as suas propriedades francesas com uma enorme comitiva do duque Filipe, que lhe rendeu homenagem às portas de Paris, oferecendo os seus serviços amigáveis em nome de toda a Borgonha.

UMA MISSA PARA A CIDADE DE ARRAS

A cidade ficara esplêndida, com muito verde, muitas bandeiras e com o povo bem vestido. Tocavam sinos em todas as igrejas, nas ruas estavam assando bois, cordeiros e aves oferecidos a Arras por Davi. Mas confesso não ter visto naquela hora nenhum rosto alegre ou feliz, pois esse grande carro voltava aos seus antigos trilhos para seguir chiando no seu caminho, sem se saber para aonde e para quê. O que se sabia apenas era que o destino lhe preparava um novo precipício mais à frente. Os cidadãos de Arras recebiam o duque e a sua corte sem poupar esforços, havia até quem esperasse que a visita trouxesse uma grande mudança para melhor, mas a maioria só fazia isso devido aos seus bons costumes.

Lembro-me de que, quando Davi viera nos visitar, logo depois de terem acabado a peste e a fome, o povo de Arras o recebera sem muito entusiasmo, mas com esperança. Durante o famoso banquete, em que ele censurara o nosso orgulho provocado pelos sofrimentos recentes, todos ficaram-lhe gratos e contentes com a sua presença. Mas aqueles tempos já se passaram... E mais ainda, no ano da peste todos os cidadãos sabiam que o responsável por sua terrível sorte fora o próprio Deus ou o diabo. A peste não havia sido nossa obra, mas os acontecimentos recentes, que deixaram tantas vítimas entre os melhores dos nossos patrícios, só pudemos atribuir a nós mesmos. É verdade, houve quem dissesse que assim não poderia ser, que deveria ter sido uma doença terrível que confundira as mentes dos moradores de Arras, mas a maioria não lhes dava ouvido.

— Já estamos fartos de procurar as causas de nossas desgraças e do mal que corroía a cidade — diziam. — Uma vez fora a peste, outra vez os desígnios divinos ou as brincadeiras do diabo, ou ainda uma misteriosa doença. Estamos cansados de tudo isso e propensos a julgar que somos como somos, imperfeitos e estúpidos, irresistíveis à doçura das palavras vazias e à crueldade dos estratagemas traiçoeiros. A cidade de Arras está perdida! Vai se extinguir, abandonada por Deus, pelo diabo e até pelos

135

seus duques, entregue à impotência e à fé mais medíocre que jamais habitou o coração humano. Fomos condenados, mas aceitamos a sentença com calma, dispostos a continuar vivendo conforme o nosso destino, a tecer as tapeçarias, a vender a seda, a criar os bois gordos picardos. Mas isso não quer dizer que um dia iremos encontrar a alegria da nossa existência ou perder o medo da nossa própria natureza. Porque o dia vai chegar em que começaremos a nos degolar uns aos outros...

Então, por fora a cidade estava festiva, mas os corações humanos transbordavam de tristeza e medo.

Ao meio-dia daquele domingo Davi entrou na praça a cavalo. O cavalo era castanho; a sela, de prata; o penacho sob a cabeça do cavalo, roxo. O duque levantou-se nos estribos, o cavalo remexia a terra com o casco. Assim ficaram um tempo, enquanto todo o povo reunido ajoelhava-se humildemente. Depois Davi desmontou, mas a sua perna ficou presa no estribo, e ele debatia-se zangado, até que veio correndo o criado para ajudar o seu senhor. Alguns acharam que era um mau presságio, mas a maioria já não acreditava nos sinais. Os sinos tocavam alto, e o mais alto era o sino de São Fiacre, o mesmo que outrora anunciara a desgraça. O duque dirigiu-se à igreja, benzendo o povo com o sinal da cruz. Quando desapareceu na nave, seu cavalo relinchou com muita força, e suas narinas pintadas de vermelho abriram-se e cobriram-se de espuma. E de novo alguns diziam que esse era um bom sinal, enquanto outros se calavam aflitos.

Depois começou uma missa solene na igreja de São Gil, que durou cinco horas. Foram cantados os salmos e todas as orações. O povo chorava muito, lágrimas jorravam dos olhos, mas penso que os corações permaneceram frios. Mesmo quando o duque-bispo apareceu no átrio da igreja com o Santíssimo, sustentado nos braços pelos padres de Gand, os cidadãos de Arras não ficaram muito impressionados. Quantas vezes já viram o Santíssimo, quantas vezes já hospedaram em si Cristo, oferecendo-lhe toda a sua fé? E para que servira isso tudo?

UMA MISSA PARA A CIDADE DE ARRAS

Até que enfim chegou o momento, o mais importante. O bispo Davi absolvia e abençoava a cidade, anulava todos os processos, como frutos de má fé, blasfemos e infames. Com o seu poder episcopal ele cancelava o processo do judeu Icchak e do chefe da comunidade judaica, o processo do senhor de Saxe e do senhor du Losch, o processo do carrasco de Arras e todos os processos das bruxas. Ele disse:

— O que aconteceu não aconteceu, o que foi não foi!

E de novo abençoou a cidade, para a qual ele havia conseguido junto a Deus a remissão dos pecados e a anulação de todas as culpas.

Os sinos tocaram tão alto que as aves em bandos enormes sobrevoavam Arras tremendamente apavoradas. O suor encharcava os olhos dos sineiros, mas Davi pagara-lhes bem e não se poupavam. Das mãos deles escorria sangue, e um deles caiu da torre e quebrou os ossos.

O sol já se pusera, quando o duque, novamente em traje de cavaleiro, com chapéu, de capa costurada com um fio roxo e um de prata, entrou a cavalo na rua do portão oeste. Ali o cumprimentavam os chefes da comunidade judaica fazendo reverências. Um pranto enorme subiu ao céu quando o chefe da comunidade beijou a mão do senhor, e o duque disse:

— Vivei nesta cidade em paz e abastança... Eu vos protegerei como todos os outros cidadãos daqui!

Ao entardecer o duque deu a ordem para a festa começar. Nunca se queimaram em Arras tantos archotes como naquela noite. Como disse o digníssimo senhor Rolin, que, apesar da sua idade avançada, viera de Bruxelas para cuidar da festa, foram comidos quase trinta bois, cem cordeiros e tantas aves que nem dava para contar. Abriam-se os barris de cerveja e de jeropiga.

O duque banqueteava no paço da cidade com a sua corte e com alguns senhores locais. Estivemos de novo na mesma sala de três anos antes, e de novo os cidadãos de Arras comiam pouco, enquanto a corte devorava a comida. Mas Davi já não nos censurava. Ele mesmo parecia triste. Nem a ausência de Alberto, seu inimigo ferrenho que finalmente se fora para sempre, o alegrava.

O duque estava sentado entre mim e Chastell.

Meus senhores! É realmente engraçado... Quantas vezes eu já banqueteara nessa companhia na corte de Gand? Pois eu era amigo próximo de Davi. Muitas vezes ele me dava as suas mulheres ou me emprestava os falcões. Quanto a Chastell, nos anos da minha juventude ele era o meu mentor e protetor, e tudo o que a minha natureza tem de águia ou de touro devo a ele, assim como tudo o que ela tem de peixe e de serpente devo a Alberto. Porém, durante esse último banquete, fomos completamente estranhos uns aos outros. Em certo momento, brindando comigo, Davi disse:

— Sei, João, que não estás feliz. Mas eu também não estou. E nenhum de nós está...

Os seus olhos pareciam muito cansados, como os de um boi após ter lavrado o campo. Todo o seu rosto ficou macio, apareceram nele traços de uma feminilidade que me parecia desagradável nessa face sempre tão dura e sarcástica. Chastell, o mais velho de nós e — acho eu — o mais sensato, acenou com a cabeça. Esse formidável beberrão e pândego, há décadas famoso em toda a Borgonha, parecia um tronco apodrecido, ou, pior ainda, uma bexiga furada. Já não havia nele força nenhuma. Somente quimeras.

Antes de falar do banquete, lembrarei o que aconteceu na cidade, quando o duque chegou e mandou abrir os portões de Arras. Sei desses acontecimentos por meio dos relatos de várias pessoas, pois, como sabeis, naquela altura eu estava no porão do paço da cidade preparando-me para a morte.

Dizem que à meia-noite Alberto, que estava rezando, recebeu a notícia de que, diante das muralhas, aparecera o mensageiro do bispo de Utrecht exigindo que fossem abertos todos os portões. Alberto convocou imediatamente o seu Conselho. Os conselheiros chegaram ao paço da cidade retirados de suas camas quentes pelos criados. Contou-me isso Pedro de Moyes, dizendo que pareciam mais molhos de palha do que gente. Cada um tinha o rosto inchado de cansaço e da tensão interna, olhos vermelhos, e todos os membros flácidos e sem força. Sentaram-se nos bancos sem dizer nada. Alberto, que já estava se apagando de tão inchado, disse:

— Está chegando Davi em visita e mandou-nos abrir os portões. Os mensageiros dele estão esperando diante do portão Trinité. Ele próprio encontra-se a uma hora de Arras e vem apressado. Dizei o que devemos fazer...

Continuavam calados. Alberto acrescentou com calma:

— Não podemos lutar defendendo-nos contra o duque, porque seria um pecado mortal. E ainda vos direi que não iríamos agüentar a pressão.

Se de Moyes não mentiu e se realmente foi como me contou, deveríamos inclinar-nos perante o Conselho. Ninguém lamentava e ninguém chorava. Estavam calmos. Olhavam-se uns aos outros em silêncio.

— Agora vamos ter que morrer! — disse com seriedade o ferreiro Tomás.

O tecelão Yvonnet concordou silenciosamente. Estavam muito pálidos e como que imóveis. Talvez esperassem um milagre. Mas nada aconteceu.

É uma pena eu não tê-los visto naquele momento. Eis como Pedro de Moyes contou-me isso tudo:

Ouvia-se o barulho que o contínuo do Conselho fazia junto ao galinheiro. Uma ave no pátio cacarejou e de novo fez-se silêncio. O contínuo deve ter pego a galinha e soltou-a de novo entre as outras. Tomás Capenga disse:

— Conselheiros, preparai os pescoços para a espada!

E os outros continuavam calados. Então Alberto disse:

— Oremos pela misericórdia divina.

Ao que Tomás respondeu, com muita calma:

— Senhor Alberto, não existe Deus que nos perdoe...

Então o reverendo padre tomou de novo a palavra e disse:

— Deus é um e sempre o mesmo.

Ao que Yvonnet retrucou:

— Deixai os vossos ensinamentos, padre. Eles não nos agradam mais.

Mas falou com muita calma, sem mágoa. O tempo passava. Estavam sentados em silêncio, preparando-se para a morte. É incrível quanta dignidade e resignação com o destino havia nesses homens. De repente, ouviu-se um barulho no pátio e na sala entrou o contínuo:

— Os do portão Trinité mandam dizer que o duque está chegando. Eles não sabem o que fazer.

Então Alberto levantou os olhos e, fitando cada um deles, disse:

— Decidi, cidadãos, chegou a hora!

O primeiro que se levantou do banco foi Tomás. Todos o olhavam, apesar de já saberem o que ele iria dizer. Tomás tocou com a mão o nó da garganta, fechou os olhos e disse:

— É preciso abrir os portões ao duque!

Depois tomou a palavra Yvonnet:

— Abrir os portões — disse. — E saudemos o duque como deve ser...

Os outros diziam a mesma coisa. Quando chegou a minha vez, a voz ficou preza na garganta, então só acenei com a cabeça, mas Tomás disse baixo e com muita calma:

— Mexei a língua como os outros. Vós sempre fostes calado, então agora fale alto, pois vos ameaça apenas o açoite e o banimento, e nada mais!

Acenei de novo e disse que os portões deviam ser abertos. Então o contínuo saiu correndo da sala, e todos nós, com Alberto à frente, o seguimos.

A cidade estava dormindo sem saber o que a esperava. Segurei Alberto debaixo do braço do lado direito, e o tanoeiro

Nort do lado esquerdo. O padre arrastava as pernas com dificuldade, de tão fraco que estava, e de tão pesado com a água que tinha dentro de si. Caminhávamos em silêncio, e cada um pensava no mesmo. Mas não vi ninguém rezando.

No portão havia alguns guardas, todos assustados. Do outro lado do muro ouvia-se a movimentação de muita gente armada, relinchos de cavalos e gritos impacientes. Subi à torre, olhei para baixo e fiquei tonto. À minha frente estendia-se, ao longo dos muros, um mar de tochas acesas e, sob sua luz, vi um enorme exército de cavalaria em armaduras de guerra. No lugar onde havia mais tochas, vi o duque montando um cavalo baio. Estava sem armadura, apenas de sobretudo e com um chapéu. Quando desci, já estavam abrindo o portão Trinité. O Conselho esperava em silêncio, à luz de uma tocha. Ouvimos o barulho de ferro quando os guardas abriram a primeira porta. Depois ouviu-se o rangido demorado das correntes da roda e a ponte levadiça começou a descer devagar. Olhei então para o tecelão que estava mais perto e vi duas lágrimas escorrendo no seu rosto. Mas não ouvi nenhum gemido. Fiquei com medo e pensei em cair de joelhos, mas continuava em pé, como os outros. Percebi uma movimentação do outro lado, os cavalos sentando sobre as ancas e relinchando. Eram os homens do duque dando-lhe passagem. Ele entrou em primeiro na ponte. Do lado do seu cavalo iam os criados com as tochas na mão. Ouvia-se o martelar abafado de cavalos atravessando a ponte. Atrás do duque seguia sua comitiva, mas era tão numerosa que grande parte dela ficou do outro lado. O duque parou o cavalo e apeou. Ninguém do Conselho ficou de joelhos, somente baixamos as cabeças fazendo uma reverência. Eu voltei a segurar Alberto pelo braço, porque sem ajuda ele não conseguiria ficar de pé.

— Por que o Conselho não nos dá as boas-vindas? — disse o duque em voz baixa. — Estou chegando de noite e talvez não em boa hora, mas estou muito cansado e não penso em esperar mais a saudação...

Então Tomás deu dois passos à frente, fez uma reverência inclinando-se ainda mais e disse, articulando bem as palavras:

— A cidade de Arras dá as boas-vindas a Vossa Excelência e se entrega à sua proteção!

Então Davi avançou um passo e disse:

— Quem és tu?

— Sou o ferreiro Tomás, chamado Capenga por ser manco. Faço parte do Conselho da boa cidade de Arras.

Ao que o duque retrucou:

— Que Deus te dê saúde, Tomás!

E montou seu cavalo. Quando já estava bem acomodado na sela, exclamou com a voz mais animada:

— Leva-me a um lugar onde eu possa descansar!

Então o levamos ao paço da cidade, atravessando a rua com as duas casas queimadas e a morada saqueada do senhor de Vielle. Quando passávamos por ali, o duque perguntou:

— O senhor de Vielle está vivo?

Tomás, que levava o cavalo do duque pelo cabresto, respondeu corajosamente:

— O senhor de Vielle está morto, foi vítima de grande cólera em Arras.

O duque acenou com a cabeça e ficou triste. E não perguntou mais nada...

Foi o que me contou Pedro de Moyes, que participara do Conselho naquela noite.

Em nome do Pai, do Filho e do Espírito Santo. Amém. Senhores! Imaginai os pensamentos desses homens quando esperavam no portão Trinité e depois, quando levaram o duque ao paço da cidade. Sem dúvida, ao receberem a notícia de que Davi estava chegando, perceberam que não havia salvação. Quer dizer, assumiram todo esse diabolismo.

Quando o homem faz o mal ou o bem, pode ser levado pelas graças divinas ou pelas tentações do diabo. Mas, quando chega a hora de pagar por seus atos, ele fica só, abandonado pelo céu e pelo inferno. Assim também o Conselho da cidade de Arras, ao dirigir-se ao portão Trinité, carregava nos seus ombros todos os crimes. E ninguém ficou com medo, ninguém implorou piedade, ninguém negou o que havia acontecido. Mas poderiam, e como! Se naqueles dias cruéis eles se apoiavam na sua fé, poderiam apoiar-se nela também agora, diante do duque. Mas não o fizeram. Devem ter perdido toda a fé e percebido que seu Deus, com o diabo, troçava deles, expondo-os ao ridículo. Tantos dias e noites seguram em suas mãos o escudo da Providência, acreditando que os protegia contra todos os perigos. Mas, quando perceberam que ela era apenas um esfregão de linho, imbuído do sangue dos inocentes, jogaram-na fora e sozinhos iam enfrentando a vida.

O que importa se eram culpados, todos tão desesperadamente, e cada um em separado? Não podiam receber pena maior do que toda essa mentira da suposta predestinação com que se guiavam em boa fé. Assim estavam, na frente do portão Trinité, nus e machucados ao ponto de não terem mais a vontade de confessar as suas culpas. Acho até que não se sentiam culpados, ao menos da forma como uma pessoa estranha os poderia considerar. Porque não se sentiam culpados dos seus atos, mas antes da boa fé que os guiava. Ao conversar com seu coração, não perguntavam "por que mataste os inocentes?" Mas devem ter perguntado "por que acreditaste que se podia matar os outros em Arras?" E já não importava para eles se aquele infeliz Celus rogara praga na casa de Damasceno, e sim se era possível tratar Celus com tanta crueldade...

Ah, senhores! Aqueles homens do Conselho nunca foram tão corajosos e belos como na noite em que foi aberto o portão Trinité e Davi entrou na cidade... Apesar de ainda não saberem o quão terrível seria o castigo.

Esperavam por ele havia muito tempo, lutando consigo mesmos. Davi entrou na cidade e logo no dia seguinte anunciou que, no próximo domingo, seria celebrada uma missa solene e haveria a remissão dos pecados. Então Arras preparou-se para essa solenidade, e os membros do Conselho entenderam que só depois teriam de responder diante do tribunal episcopal. Por enquanto estavam livres, mas, para dizer a verdade, ninguém os viu. Esconderam-se em casa, trancaram as portas e ficaram sós.

No primeiro domingo, porém, foi cancelado o festejo, porque na véspera o reverendo Alberto entregou a alma ao Senhor. Já vos contei como foi a sua morte.

Assim, o dia que seria alegre tornou-se fúnebre. Davi mandou fazer um funeral suntuoso. E o que direis, senhores, sabendo que vieram multidões para se despedir de Alberto?

— Foi-se o senhor que errava, mas tinha fé... — dizia o povo.

Sepultaram o reverendo padre na igreja da Santíssima Trindade, num nicho perto do altar-mor. O seu corpo estava enorme, e, mesmo estando os dias muito frios, a ponto de a geada cobrir de noite os telhados das igrejas, fedia horrorosamente e desmanchava-se, caindo aos pedaços. Um líquido nojento escorria de todos os membros de Alberto. Alguns diziam que era o diabo procurando a saída, mas ninguém dava ouvidos a isso.

— O senhor Alberto — diziam os cidadãos — era um homem muito infeliz, porque a sua fé era grande demais...

Portanto, sepultaram-no com seriedade. Não foi com amor nem com aflição, mas com gravidade e uma grande compenetração, o que os outros não são capazes de entender.

O corpo foi murado num nicho junto ao altar. Para fazer esse trabalho vieram homens muito malquistos, que viviam fora das muralhas, longe dos outros. Cabeludos, barbudos, de camisas de linho e descalços. Mas, diferentemente do que acontecia em casos semelhantes, ninguém fugiu deles, nem se benzeu quando passaram por perto. Alguns dos cidadãos deram até uns trocados a esses pedreiros, dizendo:

— Fazei bem o trabalho, porque foi um senhor pobre e muito infeliz, que então o seu descanso seja confortável.

Quando estavam tapando o nicho, tocaram os sinos, e a multidão rezou em silêncio.

Assim, só no segundo domingo Davi celebrou a missa solene e declarou a anulação dos processos, e à noite houve um banquete. Foi nesse banquete que ele brindou comigo, dizendo que ninguém era feliz. Eu sabia o que ele queria dizer. Antes da meia-noite ia julgar os membros do Conselho. Mandou que se apresentassem no pátio do paço da cidade, mas cada um veio livremente, sem guarda.

Enfim, o duque levantou-se e pediu que o acompanhássemos até a arcada, porque ia falar ao Conselho da cidade de Arras. Então o seguimos. A noite estava fria, toda iluminada com a luz das tochas. Da praça vinha a algazarra abafada da plebe, que recebeu a ordem de comer, beber e alegrar-se. No pátio esperavam os homens do Conselho. Estavam ali Pedro de Moyes, Tomás Capenga, o tecelão Yvonnet e mais cinco outros, porque só esses ficaram vivos. Pude vê-los sob a luz das tochas colocadas nas varas nodosas ao redor do pátio.

Davi os olhava demoradamente. Tinha o olhar pesado e dava para ouvir a sua respiração curta, como se tivesse uma pedra no peito. Chastell, que ficara ao lado, me disse em voz baixa:

— Noite ruim, João!

Eu sabia disso, mesmo sem que ele o dissesse.

O tempo passava lentamente, escorria, pulsando no silêncio geral. Fez-se silêncio também na sala do banquete, porque os que estavam à mesa queriam ouvir o que o duque ia dizer ao Conselho. Só o ar ressoava com a respiração de tanta gente. O frio apertava, e todos estávamos envolvidos numa névoa fina. No topo da torre reparei um brilho de geada.

Por fim o bispo de Utrecht tomou a palavra:

— Quanto sofrimento pode caber dentro dos muros desta cidade, e quanto nos corações de seus cidadãos?! Isso eu não sei, porque não sou um de vós. Sinto apenas uma grande dor por causa das desgraças sofridas pela minha cidade de Arras. Mas sei que essas desgraças vieram mais da estupidez do que de coração ruim. Aqui há estúpidos, e os mais estúpidos. Vós, que fostes do Conselho, pertenceis àqueles últimos. Porque não sabeis confiar na mente e calcastes a razão humana. Mas Deus vê que não foi a primeira vez que isso aconteceu no mundo. Nem a última... Então só vos direi o seguinte! Saiam desta cidade para sempre, levando vossas mulheres, vossas crianças, vosso gado e vossos bens. E que Deus vos leve pelo caminho do juízo. Porque, repito o que disse hoje ao meio-dia, o que aconteceu não aconteceu, o que foi não foi! Confiai em vós, pecai com moderação e rezai pela salvação das vossas almas!

E fez o sinal-da-cruz sobre todo o Conselho, depois voltou para a sala com o passo cansado. Os demais ficaram no pátio como se houvessem sido apanhados por um raio.

Escondido na sombra, fiquei olhando para eles um bom tempo. Não se puseram de joelhos nem deram graças a Deus por tão milagrosa salvação. Foram se retirando em silêncio, um por um, como se todos os pensamentos e ações dos quais tivessem sido cúmplices agora os tivessem separado. Cada um foi seguindo o seu próprio rumo. E eu voltei ao banquete.

Foi nesse mesmo momento que estourou em mim uma indescritível dor, uma amargura e um tal desânimo, que tive vontade de gritar e uivar de desespero por esta cidade, por mim mesmo e, enfim, pelo mundo inteiro... Sentei-me ao lado do duque e cravei os olhos na parede. Chastell falava comigo, mas eu não o ouvia. Só quando o duque pegou na minha mão eu disse em voz baixa:

— Vossa Excelência! Tudo isso é terrível...

— Tu tens razão, João — disse o bispo —, mas é preciso se conformar com qualquer destino que nos é dado. Mostrei clemência ao Conselho...

— Isso é o mais terrível! — interrompi-o bruscamente, o que nunca fizera a um senhor tão grande.

146

— O mais terrível? — disse Davi surpreso. — A tua cabeça deve estar confusa... Eu te digo que terrível é apenas a morte do homem. E não a própria morte, mas a do outro. Tu sabes como passei o tempo nas últimas semanas, quando tu estiveste mofando em Arras, ao lado de Alberto? Vou te dizer. Chamaram-me ao leito do cavalheiro Saint Omer, meu sobrinho. Quase uma criança. Estava morrendo lentamente, com paciência, num quarto abafado, ao som da oração de um monge, que cuidava dele dia e noite. "Senhor duque", dizia-me esse menino de rosto inocente e sedento de vida, "ainda não quero morrer. Dizei a Deus para que me conceda mais um tempo e eu levarei uma vida exemplar e doarei cinco ducados para construírem uma capela." O que pude responder a ele? Que Deus não escuta pedidos assim? Saí do quarto do doente e fui para a igreja. Ajoelhei-me e falei com o Crucificado, pedindo-lhe um pouco de piedade. Olhou-me e não disse nada. Como sempre! E eu amei tanto essa criança. Pela sua polidez, confiança e humildade, ele me era mais próximo do que os outros. Morreu o pobre Saint Omer e o sepultamos em Gand, como deveria ser. Chorei muito. Se achas que eu estava rezando, estás enganado. Deus não escuta minhas orações há muito, e eu também não quero perder tempo em vão. Os dois, o Senhor Deus e eu, estamos em grande desacordo, porque eu duvido d'Ele e Ele duvida de mim. E os dois estamos agüentando sem esse amor ardente. Quando morreu Saint Omer, pensei, e não foi pela primeira vez, que não adianta toda essa agitação, não adiantam conjuros, fé, pedidos e blasfêmias. Cumpre-se o tempo e é preciso ir embora! Nunca houve, não há e não haverá piedade para ninguém. Como se não bastasse morrermos, Deus ainda quer que nós nos despeçamos daqueles que amamos. Só pensando nessa crueldade arrepiamo-nos. Primeiro Ele nos dá a vida e depois nos rouba. Primeiro nos deixa em tentação e depois nos leva ao mais sombrio desespero. O que quer que o homem toque — tudo morre. Então não é de espantar que ele procure a consolação. Uma vez aqui, outra ali, só para acreditar em algo, só para espantar a morte, só para enganá-la. Quando estamos mal, dizemos que são esses os desígnios dos céus. Quando estamos fazendo mal, dizemos que Deus quer que assim lutemos pela salvação. Mal estamos nos agüentando nós mesmos e sempre precisamos de algo que nos transcenda, uma força que não seja nossa, que envolva o coração e a mente, os domine, os entrelace, triture, como o pé calçado tritura o grão. E então nos parece que nos salvamos da morte, que já estamos livres e podemos viver sem medo. Mas tudo isso é mentira, meu caro João, porque chega o dia, o mais cruel e o único que é importante, quando é preciso ir embora! Tudo então se transforma num monte de estrume, porque nada consegue reter a morte quando ela bate à nossa porta. E já não há quem nos acompanhe, nem Deus, nem o diabo, nem ninguém além de nós, somente nós mesmos, esvaziados pelo medo, carapaças infelizes, ratos, moscas ou bichinhos tão pequenos que não dá para vê-los a olho nu. Quando morreu o jovem Saint Omer, perguntei-me onde brilham agora as estrelas desse menino. Apagaram-se para sempre. Ele teve outras estrelas a mais do que eu, embora fossem as mesmas. O seu sol já não brilhava, os seus ventos já não sopravam pelo mundo, a sua chuva já não molhava os campos, as suas árvores já não farfalhavam mais. Tudo acabou, inclusive Deus, em que ele acreditava, a quem amava e temia. E eu fiquei com o meu sol, meu vento, minhas chuvas e árvores. Quanto a Deus, Ele já não existe. Se o meu destino for a escuridão, que Ele me anteceda e me espere ali. Talvez um dia eu chegue. Para que me envenenar com a espera e para que despedir-me a toda hora de tudo que morre aos meus olhos?... O Conselho da cidade de Arras imaginava que, ao acreditar fervorosamente em Deus e nos ensinamentos sobre a salvação eterna do reverendo padre Alberto, a paz e a liberdade habitariam dentro de seus muros. Ah, meu caro João, por que eles tiveram tanta pressa em alcançar a alegria e a felicidade? Não é melhor permanecer tranqüilamente nos banquetes, caçar com falcões e ouvir a indiferença fria pelo mundo a adentrar o coração? Se tu não dás as boas-vindas ao dia, não precisas despedir-se dele. Se tu não te alegras com o sol nascente, não precisas ficar triste quando ele se põe. Se tu não amas, estás livre do desespero. Se não desejas a salvação, não tens medo do inferno! O melhor mundo, João, mesmo se fosse alcançável, estaria só em nós mesmos e não fora de nós. Aqueles homens do Conselho erraram terrivelmente. Mas eu não serei o juiz deles. Sinto-me demasiadamente fatigado para perseguir os pecados dos outros. E mais ainda — se eles desejam tanto, que fiquem saciados. Não foi meu o carro que lhes foi designado puxar para o desvio. Se eu próprio estou buscando para mim a liberdade mais digna, não posso negar-lhes o direito de escolha. Que cada um siga o seu próprio caminho. Os caminhos dos estúpidos não são os meus caminhos, mas também não vou endireitá-los, porque seria em vão. Que os lúcidos fiquem com a sua lucidez, e os loucos com a sua loucura...

Assim falava Davi, e eu o ouvia cada vez mais desesperado e irritado. Quando terminou, exclamei:

— Vossa Excelência! Convém reconhecer que havia uma santidade naquela loucura!

Ele soltou uma gargalhada. E ria tão alto e demoradamente, que os outros viraram as cabeças e nos olharam atentamente.

— Não riais, porque assim ofendereis a todos aqueles que aqui foram mortos... — disse eu com muito orgulho e arrogância.

Ele respondeu em um tom bem alegre:

— Te perdôo, caro João, porque deves estar bêbado...

— Não estou bêbado — disse eu. — Mas de uma coisa eu sei: que as vossas sentenças, que anularam os processos na cidade de Arras, são indignas. Não é de bom alvitre dizer, como vós dissestes, que o que aconteceu não aconteceu, e o que foi não foi! Porque a verdade é que aconteceu o que aconteceu, e foi o que foi. Vós achais que basta acenar com a mão para que as lágrimas sequem, sumam as manchas de sangue e as consciências voltem a ser brancas como a neve. Mas isso não é verdade! Todos nós, aqui em Arras, somos marcados pelo cinza do pecado e mais parecemos com o linho do que com a neve, mais com o solo negro do que com o gelo. Mas assim é melhor, porque do solo pode brotar uma flor, enquanto do gelo só vem o frio. E pode-se vestir a camisa de linho, mas não se pode cobrir as costas com a neve. Vós achais que sois muito bom e compreensível, mas não sois! Porque a falta de misericórdia mata, mas o seu excesso também. O que fizestes com os membros do Conselho? Vós os mandastes embora da cidade, sem castigo ou sequer uma repreensão, como se aqui nada houvesse acontecido. Mas aconteceu! E mesmo que vós queirais muito que não tivesse acontecido, a verdade é outra. Vós podeis não se importar com nada, porque não sois daqui! Mas, e nós?! Então todo esse pecado infame seria nada, e toda essa crueldade uma brincadeira?! Então a cidade de Arras foi-se emporcalhando na lama fedorenta de seus crimes e depravações, para se verificar que isso nem serviu para dar sequer um passo à frente?! Nós acendemos fogueiras, torturamos judeus, homens do povo simples, nobres e sacerdotes só para ouvir de vós que tudo isso era mentira, nada, alucinação das nossas pobres mentes? Dizeis que não há salvação, nem uma chance de vida melhor para Arras nem para o mundo? Para que então o filho entregou o seu pai aos verdugos municipais, para que foram queimadas as casas dos judeus, para que se esquartejaram os corpos dos que a cidade tomara por hereges?! Fomos ao fundo do poço para nos elevar, e agora vós nos dizeis que todo esse esforço foi em vão! Não pode ser assim no mundo criado por Deus. E mesmo se não foi por Deus — pelo diabo. E mesmo se não foi pelo diabo — por nós mesmos! Tende piedade desta cidade infeliz, que com tanto zelo procurava o seu próprio caminho, e não digais a ela que o único caminho que restou ao homem leva à caça com falcões ou à sala de banquete... Porque assim não pode ser. O mundo teria que desmoronar, as estrelas teriam de se apagar e as árvores, secar. Não pode ser assim, não pode ser assim, não pode ser assim...

Em nome do Pai, do Filho e do Espírito Santo. Amém. Chorei como nunca na minha vida. As lágrimas escorriam dos meus olhos numa indescritível dor. E comigo choraram todos os cidadãos de Arras presentes ao banquete. Mas a corte do duque ficou calada, muito aflita e surpreendida. Todos esperavam a resposta do bispo de Utrecht, que sabiam ser meu amigo. Mas eu o ofendera muito, como em Gand ninguém teria ousado, portanto se esperava que o castigo fosse severo. Senhores, para ser sincero, eu também pensei assim.

Davi me olhou com uma expressão estranha, com carinho, mas ao mesmo tempo com muito sarcasmo.

— João, meu caro companheiro! — disse enfim. — Tenho pena de ti. E o mais interessante é que tudo o que eu disse hoje tu professas há anos, pois toda a tua vida foi sensata e livre das tentações de procurar as miragens além da tua própria pessoa. Mas ultimamente sofreste muito, estiveste perto de uma morte terrível e pensaste sobre o teu destino com uma angústia antes desconhecida...

Parou por um momento rindo sarcasticamente.

— O que me parece mais engraçado nas tuas palavras, vou te dizer, mas no ouvido.

E inclinou-se para mim e sussurrou, engasgando-se de tanto rir, e tive de forçar o ouvido para entendê-lo:

— João — dizia. — Seu patife! Sei muito bem que pensas e sentes como eu! E assim sempre será, mas o que hoje estás absolvendo em ti, em mim condenas! Porque dos governantes do mundo exiges uma grande fé e corações sublimes, enquanto aos teus iguais permites caçoar de tudo...

— Vossa Excelência, isso não é verdade! — disse em voz baixa, mas as lágrimas já haviam secado nos meus olhos. — É injusta uma suspeita dessa...

151

— Eu te conheço, malandro —- retrucou, sempre inclinado sobre o meu ouvido. — Todos os pesos da condição humana tu querias colocar nos ombros dos duques para que pudesses divertir-se à vontade. Dizes que os governantes existem para salvar e tornar melhores todos nós. Tu mesmo fizeste parte do Conselho, sabes então o que se pode esperar dos governantes! Estás exigindo deles não só uma santa convicção, mas também corações ardorosos, enquanto tu mesmo preferirias permanecer hoje indiferente. Tu és um malandro, meu caro João! Seja o bobo da minha corte em Gand!

Levantei-me de repente da mesa, embora ninguém ousasse fazer isso sem a licença de Davi. Ao levantar-me, disse:

— Não me convém ouvir palavras como essas da boca de Vossa Excelência. Se vós condenais a cidade de Arras à penitência de um vazio completo, permiti-me ir embora daqui, assim como foi o Conselho.

Ao que Davi respondeu gritando:

— Vai ao diabo, estás ficando chato...

Então saí da sala de banquete e fui para a minha casa. O restante da noite passei preparando-me para a viagem, e o amanhecer outonal me achou junto aos carros em que os criados carregavam todos os meus bens. Ao nascer do sol apareceu na porta o velho Chastell.

— Vim enviado por Davi — anunciou — para te dizer que o bispo te perdoa tudo o que aconteceu no banquete. Se quiseres, podes ficar em Arras, mas se desejas mudar-se para Gand ou Utrecht serás recebido como um velho amigo.

Ao que eu respondi a Chastell:

— Meu querido amigo. Diga para o bispo que o respeito e amo muito, mas que decidi sair para sempre das cidades borgonhesas. Eu próprio não sei por que estou fazendo isso, mas que o faço, não há dúvida...

Então Chastell me abraçou despedindo-se e, ao sair, me deu o anel de Davi, dizendo:

UMA MISSA PARA A CIDADE DE ARRAS

— O bispo mandou entregar isso para ti, caso decidisses partir para sempre. E ainda mandou dizer que, se partires, não estarás perdido para ti mesmo!

Dizendo isso ele foi embora. Eu voltei à frente da casa para olhar os carros.

Saí de Arras pelo portão de São Gil, o mesmo pelo qual havia entrado pela primeira vez na minha vida. O dia estava gélido, das narinas dos cavalos saíam nuvens de vapor. Os carros rangiam, e o vento levava para longe os gritos dos meus cocheiros. Deixei em Arras um dos meus mais fiéis criados para que liquidasse os meus negócios. Quando ele me perguntou para onde ia, eu não soube responder.

Atravessando a ponte levadiça, desmontei e fiz uma reverência à cidade de Arras.

Meus senhores! A cidade não era nem sábia nem boa. Mas certamente era assim pelos seus infortúnios. Foi-lhe designada uma sorte muito pesada e por isso pecara tanto. A sabedoria nunca vai de mãos dadas com a aflição.

Então saí de Arras deixando a sorte definir o destino. Disse-me que iria para onde soprasse o vento. Mas de novo o mundo fez troça comigo, pois, quando virei para o sul, o vento de repente mudou de direção e bateu no meu rosto. Mandei então virar os carros para o norte. Quando os cocheiros terminaram essa operação, disse a mim mesmo: "Estúpido! Não sejas o brinquedo dos ventos contrários..." Decidi então ir a Bruges, que é uma cidade sensata e que não depende de ninguém. Os cocheiros de novo bateram os chicotes, e os cavalos puxaram os carros nos sulcos da terra endurecida pelo frio. Estava montando um cavalo de raça e olhando as muralhas de Arras que desapareciam no horizonte. Senti-me estranho, partindo justamente naquele momento... "Por que não fui embora de Arras quando foi julgado Celus e vou embora hoje?", perguntava a mim mesmo, um pouco triste. "Por que não me revoltei contra Alberto e o seu Conselho, dominados pela santa loucura e me revolto hoje contra o duque, cuja sensatez eu sempre respeitei?"

Esporeei o cavalo e ele partiu a galope, atirando com os cascos torrões de terra congelada. O vento batia no meu rosto. Ouvi atrás os gritos dos cocheiros que queriam me acompanhar. Mas afrouxei a rédea para que o cavalo me levasse ainda mais rápido para longe da cidade.

Em nome do Pai, do Filho e do Espírito Santo. Amém. Já sabia, meus senhores, o que estava fazendo. A cada um chega a hora da revolta. O importante é o homem escolher a hora certa. Se eu tivesse saído de Arras no tempo da loucura, salvaria apenas o bom senso, que aliás nunca me faltou. Saindo depois de tudo isso, salvei uma migalha de fé. Não é muito, mas dá para viver mais um pouco neste melhor dos mundos.

Ao dizer isto, penso na famosa cidade de Bruges e em todos os seus cidadãos.

Varsóvia, setembro de 1968 – novembro de 1970

ESTE LIVRO FOI COMPOSTO EM GATINEAU
CORPO 10,7 POR 13,8 E IMPRESSO SOBRE
PAPEL OFF-SET 90 g/m² NAS OFICINAS DA
BARTIRA GRÁFICA EM NOVEMBRO DE 2001.